KB073257

아랑은 왜

김영하

장편소설

차례

큰줄흰나비

아랑은 나비가 되었다고 한다. 나비. 어떤 나비들은 아주 멀리 날아간다. 우리나라에도 서식하는 작은멋쟁이나비의 경우만 봐도, 봄에 북아프리카를 떠나 여름까지 스칸디나비아반도와 아이슬란드에 도착하는 것들이 있는가 하면 대서양 연안을 따라 모리타니, 기니, 가봉, 콩고, 앙골라 등을 거쳐 희망봉까지 이동하는 것도 있다 한다. 그러니까 사하라에서 프로방스를 거쳐 노르웨이, 그리고 얼음과 오로라의 땅 아이슬란드까지 날아가 생을 마감하는 것이다. 사하라와 아이슬란드에도 꽃이 피기는 피는 걸까? 핀다면 무슨 꽃이 필까?

아랑은 큰줄흰나비였을 가능성이 크다. 이런 견해는 나비 연구가 김정환이 제기한 것이다. 그의 추정에 의하면 아랑이 흰나비로 환생해 원수를 갚았다는 음력 4월 보름은 큰줄흰나비가 남부지방에 나타나는 시기라는 것이다. 흰 꽃잎을 닮아 여리디여린 것이 한을 품고 죽은 처녀의 이미지를 연상시키게도 생겼다. 모양이 거의 비슷해 전문가들도 큰줄흰나비와 구별하기 힘들다는 줄흰나비에 관해서도 재미있는 이야기가 남아 있다. 1933년 7월 30일, 백두산에 당도한 나비학자 석주명은 천지 상공을 날던 수만 마리의 줄흰나비떼가 짙은 안개의 갑작스런 내습으로 한꺼번에 몰살당하는 것을 목격했다고 한다. 물결에 밀려 못가로 층층이 쌓여나오는 수천수만의 나비떼들. 장관이었을 것이다. 습기로 무거워진 날개를 주체하지 못하고 천년 분화구의 차가운 수면으로 낙하하는, 그리하여 천지 주변을 하얗게 덮어버린 그 장엄한 꽃무덤이란.

아랑 전설

아랑이 나비가 되었다는 판본만 존재하는 건 아니다. 예를 들어 『한국문학대사전』에서는 아랑에 대해 이렇게 말하고 있다.

> 아랑 전설: 전설. 아랑阿娘의 본명은 윤정옥尹貞玉으로 경상도 밀양 군수의 딸이었다. 어려서 어머니를 여의고 유모 밑에서 자란 아름다운 처녀로, 음흉한 유모와 백白가라는 통인通引이 음모하여 어느 달 밝은 밤에 아랑을 욕보이려 하였다. 아랑은 통인의 야욕에 항거하다가 끝내는 통인의 칼에 맞아 죽어, 대발에 버려진다. 이런 내막을 모르는 아랑의 아버지는 아랑이 외간남자와 내통하다 함께 도망친 것으로 알고 벼슬을 버린 채 집으로 돌아갔다. 이로부터 밀양에서는 새로 부임하는 군수마다 첫날밤에 의문의 시체로 죽어 아무도 밀양군수로 부임하길 원하지 않게 되었다. 하는 수 없이 조정에서 밀양 군수를 널리 모집하자 이상사李上舍라는 배짱이 좋은 사나이가 자원하여 왔다. 이상사는 부임 첫날밤 나타

> 난 아랑의 원혼으로부터 억울한 죽음을 전해듣고 원한을 갚아줄 것을 약속한다. 그런 일이 있은 지 삼 일 후에 백가를 잡아 엄벌하고, 아랑의 시체를 찾아내어 후히 장사지내주자 그후로는 아무런 사고도 없었다고 한다. 지금도 밀양에는 아랑의 혼백을 모신 아랑사가 있다.

여기에는 나비가 없다. 대신 아랑의 본명이 윤정옥이라는 것, 그리고 어려서 어미를 여의고 유모의 손에서 자랐다는 것, 범인의 성이 백이라는 것, 아랑이 실종되자마자 아비가 그의 정절을 의심했다는 것을 알 수 있다. 그러나 이 이야기만으로는 그 용감한 신임 부사가 어떻게 범인을 찾아냈는지는 알 수가 없다.

붉은 깃발

1973년 7월, 설화 연구가 임석재는 밀양읍에서 임모某라는 여인을 만나 아랑에 관한 전설을 채록하여 이를 자신의 저서인 『한국구전설화』에 실었다. 내용을 요약하자면, 약 400년 전에 윤 아무개라는 이가 밀양 부사로 내려와 있었고, 그에게는 아랑이라는 '인물이 출중하고 글공부도 마이 하고 여자의 일사도 잘하고 아조 얌전한' 딸이 있었다. 그런데 아전 가운데 주기朱旗라는 이름의 통인이 있었고 이 통인은 '미색에 탐이 나서' 유모에게 금품을 쥐여주고 아랑을 꾀어내달라고 한다. '달이 아조 밝'았던 4월 보름날 밤에 유모는 아랑에게 달구경을 하자고 하면서 영남루로 데리고 간다. 이때 숨어 있던 통인이 달려들고 아랑은 저항한다. 통인은 비수로 아랑을 찔러 죽인 후 그 시체를 영남루 아래에 있는 대밭에 버린다. 그러고는 유모와 짜고 달구경을 하던 아랑이 호랑이에게 물려갔다고 부사에게 말한다. 부사는 무남독녀 외딸이 호랑이에게 잡아먹혔다는 말에 놀라 슬픈 나날을 보내다가 부사 벼슬을 내놓고 밀양을 떠난다.

그후로는 신임 부사들이 내려오기만 하면 죽는 일이 반복된다. 그러다가 과거에 늘 낙방하기만 하던 이 아무개라는 선비가 자원하여 밀양 부사로 부임한다. 첫날 밤, 머리를 산발한 처녀가 피투성이가 되어 나타났다. 이 귀신은 자신이 당한 일을 상세히 고한 후 원한을 풀어달라고 한다. 신임 부사는 범인의 이름을 알려달라고 한다. 이때 귀신은 이름 대신 붉은 기를 흔든다. 날이 새고 아침이 되자 사람들은 당연히 죽었을 줄 알고 관을 들고 들어오다가 멀쩡하게 나오는 사또를 보고 깜짝 놀란다. 그는 아랑이 붉은 기를 흔든 것에서 범인의 이름이 주기이리라 짐작하고 관속들에게 주기라는 통인이 있나 물은 뒤, 있다고 하자 유모와 함께 잡아오라고 한다. 그들을 문초한 뒤, 그들과 함께 영남루 아래 대밭으로 가 거기에 가슴에 비수가 박힌 채로 썩지도 않고 그대로 남아 있는 아랑의 시체를 찾아낸다. 그는 아랑을 후히 장사지내고 밀양 사람들은 아랑각을 세워 매년 제사를 지내며 그녀의 혼을 위로하고 있다는 것이다.

이 채록본에서도 나비는 보이지 않는다. 대신 붉은 깃발朱旗이 등장한다. 이상한 장면이다. 귀신은 어째서 자기 입으로 범인의 이름을 말하지 않고 붉은 기를 흔들어대었을까?

아무래도 이 부분에서는 강하게 윤색의 냄새가 난다. 너무도 쉽게 범인이 밝혀지는 것을 본능적으로 싫어하는 이야기꾼들이 붉은 깃발을 이야기 속으로 끌어들인 것이다. 나비도 이야기 속에서는 같은 기능을 했을 터이다. 어떤 판본에서는 아랑이 나비가 되어 범인의 머리 위에 앉겠노라고 말한다. 다음날 신임 부사가 관속들을 모두

모아놓자 흰나비가 날아와 살인자의 상투 위에 앉는다. 아랑은 범인의 이름을 말할 수 있음에도 말하지 않고 붉은 기를 흔들거나 나비가 된다.

이야기꾼 앞에서 턱을 괴고 앉아 이야기를 듣던 그 옛날의 관객들은 과연 사또가 붉은 기 또는 흰나비 같은 미약한 암시만으로도 범인을 잡을 수 있을까, 궁금해했을 것이다. 분위기를 잘 읽는 이야기꾼들은 절정의 순간에 갑자기 목소리를 낮추고는 이렇게 속삭였을 것이다. "아 글쎄 그때 마침 동헌 담장 너머로 흰나비 하나가 팔랑대면서 넘어오지 않겠어." 이야기꾼의 코앞에 실제 나비 몇 마리가 날아다니고 있었다면 금상첨화였겠지. 붉은 깃발 판본을 선택한 이야기꾼이라면, "사또가 다음날 아무리 생각을 해봐도 어느 놈이 그리 숭악한 짓을 저지른 놈인 줄을 모르겠거든. 그래 곰곰이 생각을 해보니까, 퍼뜩, 맞다, 붉은 깃발이면, 주기 아이가? 여기 주기라는 놈 없느냐?"고 떠들어댔을 것이다.

그러니까 밀양 고을로 부임하는 부사들이 줄지어 죽는다는 이야기로 관객(혹은 독자)들을 궁금하게 만들고 그것이 귀신의 소행이었음이 밝혀진 이후에는 응징의 과정을 지연시켜 독자들의 흥미를 배가시킨다. 범인의 이름을 아랑이 냉큼 일러줘버리면 더 들을 재미도 없어지고 용감한 사또가 기지를 발휘할 여지도 적어지는데다가 나비가 나타나 범인을 지목한다는 환상적인 결말도 아쉽지만 빼야 한다.

세상 모든 이야기에는 어떤 틈이 있다. 이 틈이야말로 이야기가 어떻게 만들어졌는가를 짐작할 수 있게 해주는 중요한 단서다. 어떤 이야기가 덧붙여지거나 이미 있던 이야기의 요소가 사라질 때, 거기에는 언제나 작은 흔적이 남게 마련이다.

아랑의 이야기에도 여러 가지 틈이 보인다. 붉은 깃발과 큰줄흰나비 말고도 여러 군데에서 그 틈이 보인다. 살인자의 신분도 그렇다. 어떤 판본은 살인자가 통인이라고 말한다. 통인이라면 관청에서 심부름을 하는, 말하자면 하급 관속에 속한다. 그러나 어떤 판본에서는 관노, 그러니까 관청에 소속된 노비가 살인자로 지목된다. 아름다운 수령의 여식을 호시탐탐 노리던 관노가 겁탈을 하려다 참극을 벌인다는 것이다. 통인이 유모를 돈으로 꼬여 아랑을 유인해내는 데 반해 관노는 완력으로 일을 저지르려다 실패한다.

이런 양자의 불일치 역시 하나의 중요한 틈이다. 이것을 통해 우리는 이야기꾼들이 청중의 신분에 따라 범인의 신분을 바꾸었을 가능성이 있음을 알 수 있다. 재벌그룹 회장님들이 자본가가 살인자로 나오는 영화를 보고 즐거워할 리가 만무하며 마찬가지로 사장 딸을 강간 살해한 후 응징당하는 노동자의 이야기에 노동자들이 흥미를 느끼기는 어렵다. 따라서 아랑의 이야기도 이야기꾼들이 속한 계급과 계층에 따라 범인의 신분을 달리하면서 각기 다른 판본으로 분화돼갔을 것이다.

그러므로 아랑의 전설을 토대로 새로운 형식의 역사소설을 만들겠다고 한다면 이런 틈을 그냥 지나쳐서는 곤란하다. 피살자의 시신을 부검하여 사인을 밝혀내는 법의학자의 자세로 아랑 전설을 전면적으로 재검토하여야만 한다.

딱지본 『정옥낭자전』

아랑 전설에 대해 가장 새로운 시각을 보여준 작품은 『정옥낭자전貞玉娘子傳』이다. 『정옥낭자전』은 1992년 어느 고서 수집가에 의해 인사동 헌책방에서 발견되어 비로소 세상에 알려졌다. 요란한 표지의 딱지본으로서 마분지 비슷한 조악한 재질의 표지는 군데군데 찢어져 있었고, 그보다 더 나쁜 재질의 속지는 파손 정도가 더 심했다. 국한문혼용에 세로쓰기였고, 발행연도는 1945년. 그 험했던 시절에도 책을 찍어낸 사람들이 있었고, 또 그 책을 빌려본 사람들이 있었다는 사실은 새삼 놀랍다. 딱지본은 대본소를 통해 주로 유통되었는데, 『장화홍련전』 『춘향전』 같은 고대소설로부터 『암굴왕』 같은 번역소설까지, 딱지본으로 나오지 않은 이야기가 별로 없을 정도로 대중적인 출판물이었다.

『정옥낭자전』은 이렇게 시작한다.

조선국 명종조 시절에 외척의 발호로 도적들이 들끓고 민심은 흉흉하였더라. 경상도 밀양부에 한 소저가 있었으니 성은 윤이요 명은 정옥이라.

딱지본의 주 독자층이 여성 노인들이었음을 감안하면 고소설풍의 서두는 이상한 일도 아니다. 이 서두에는 아랑 전설에 대한 두 가지 중요한 정보가 나온다. 우선 사건의 발생시기를 명종조로 못박은 점, 그리고 아랑의 본명을 윤정옥이라 일컬은 점이 바로 그것이다. 이 부분에 관해서는 이후에 다시 이야기하기로 하자.

책의 말미를 보면 이 또한 흥미롭다.

혹자 왈 소설이라 하는 것은, 매양 빙공착영憑空捉影으로 인정에 맞도록 편집하여 풍속을 교정하고 사회를 경성하는 것이 제일 목적인중, 그와 방불한 사람과 방불한 사실이 있고 보면 애독하시는 열위 부인 신사의 진진한 재미가 일층 더 생길 것이요, 그 사람이 회개하고 그 사실을 경계할 좋은 영향도 없지 아니하다고 하나, 기자(요즘 말로 하자면 필자)가 소설을 저술함이 이미 십여 재 광음이라. 날로 붓을 들어 수천만 언을 기록하매 실로 지리신산함을 견디기 어려운 때가 많으니 아무쪼록 힘과 정신을 일층 더하여 악한 자를 징계하고 착한 자를 찬양하는 지리한 소설보다는 그저 있던 일 그대로를 저술코자 하노니 독자 제위께서는 필법의 용록함을 용서하고 사실의 기괴함을 음미하시오. 눈에 보이고 귀에 들리는 실적만 들어 기록하면 취미도 없을 뿐 아니라 한 기사에 지나지 못할 터인즉 소설이라 명칭할 것이 업스니 독자 제위의 추상으로 그다음 일은 족히 요해하실 줄로 믿는 바이러라……

서두는 고소설풍인데 작가 후기는 1910년대의 신소설을 닮아 있다. 이해조의 『화의혈』(1911)과 『탄금대』(1912)의 후기에서 문장들을 따왔으나 살짝 비틀어놓은 것이었다. 이해조는 권선징악의 소설을 쓰겠다고 했으나 『정옥낭자전』의 지은이는 뒤에다가 그런 소설이 "지리신산"하다고 비꼰 후에 "그저 있던 일 그대로를 저술코자" 하니 "사실의 기괴함을 음미"하라고 해놓았던 것이다.

그 시절의 권선징악의 정도란 지금의 우리가 상상하는 것보다 훨씬 분명하고 잔혹했다. 의붓딸을 괴롭히던 계모는 젓으로 담가졌고 살인자의 머리는 꼬챙이에 꽂힌 채 성루에 걸려 전시됐다. 『정옥낭자전』의 저자, 어쩌면 저자가 아니고 전해내려오는 이야기의 기록자일 가능성이 큰 그는, 그런 소설조차도 지리신산하다고 말하며 "그저 있던 일 그대로"를 쓰겠으며 나머지는 독자들의 상상에 맡기겠다고 한다. 게다가 소설을 쓴 지 어언 십여 년이 되어가는 지금, 자신은 권선징악적 소설쓰기에 지쳤으며, 더이상은 그런 소설을 쓰지 않겠노라고 선언한다. 어쩌면 그를 지치게 만든 건 권선징악 자체가 아니라 권선징악이 주조인 당시 소설판의 흐름이었을 것이다. 그러니까 남들이 쓰는 대로 써왔으나 그 소설들이 정작 저자 자신은 만족시키지 못했다는 것.

근대적인 의미의 작가적 자의식을 보유하고 있었던 이 저자는 분명 우리가 지금 하려고 하는 이 작업의 선구자임에 틀림없다. 그도 우리처럼 누군가에게서 아랑의 전설을 들었고 그것에서 그치지 않고 그 이야기를 자신의 방식으로 새롭게 재구성했다. 그도 우리처럼 아랑의 전설에서 어떤 틈을 발견한 것이다. 그는 그 틈을 비집고 들어가 거기에 자신의 알을 슬어놓았다.

누가 더 유리한가

백 년 전의 어느 이름 모를 이야기꾼에 비해 우리가 더 유리한가? 물론 현대의 우리는 과거의 이야기꾼보다 더 많은 판본과 자료에 접근할 수 있다. 도서관에서 관련 논문을 찾아볼 수도 있으며 러시아와 중국, 일본 등 다른 나라 설화들과의 연관성을 검토할 수도 있다. 인터넷의 도움을 받을 수도 있다. 그러나 오히려 그런 이유 때문에 우리의 발걸음은 더 무겁다. 백 년 전의 이야기꾼은 다른 누군가와 쉽게 비교되지 않았을 테니 말이다. 그는 아마 근동에서 가장 이름난 재담가였을 게 분명하다. 그 당시 사람들이 다른 먼 지역이나 심지어 외국의 사례에 비추어 그를 평가한다는 것은 거의 불가능에 가깝다. 그는 대단히 자유롭게 아랑 전설을 이렇게도 혹은 저렇게도 변형시킬 수 있었을 테고, 그것이 자기 청중에게만 환영받는다면 아무 문제도 느끼지 못했을 것이다. 그러나 우리의 현실은 어떤가. 우리는 저작권을 고려하지 않고는 어떤 작품도 발표할 수 없는 시대에 살고 있다. 게다가 독창성이 예술가를 평가하는 대단히 중요한 기준으로 간주되는 시대이다. 그러니 아랑의 전설을 새롭게 해석하는 이 작업이 결코 순탄치는 않을 것 같다. '익숙한' 이야기를 '다르게' 쓴다는 것은, 만만찮은 일이다.

그러나 따지고 보면 이야기꾼이라는 작자들이 과거나 지금이나 밥 먹고 하는 일이 그거 아닌가. 다 아는 이야기를 다르게 말하기.

서로 다른 시점

아랑 전설의 여러 판본을 살펴보다보면 자연스럽게 '앵글'의 문제를 생각하게 된다. 누구의 눈으로 이 사건을 보느냐의 문제. 다시 말해 이 사건을 피해자인 아랑의 입장에서 보느냐 아니면 일종의 탐정인 신임 부사의 입장에서 보느냐이다. 이것을 결정하지 않으면 이야기를 시작할 수가 없다.

아랑의 입장에서 써나가겠다면 이야기는 이렇게 시작될 것이다. 옛날 밀양부에 아랑이라는 어여쁜 처자가 살았는데…… 많은 판본들이 이 방식을 택하고 있다. 이야기는 대체로 이렇게 전개된다. 1)아랑이라는 처자가 살았다. 2)어느 날 아랑이 사라진다. 3)아비는 죽거나 고을을 떠난다. 4)고을에 새로 부임하는 사또들이 줄줄이 죽는다. 5)용감한 사내가 자원하여 사또로 부임한다. 6)사또는 아랑의 혼백을 만나 억울한 사연을 듣는다. 7)다음날 사또는 범인을 밝혀내고 세상은 안정을 되찾는다.

대표적으로 『청구야담』에 수록된 아랑 전설이 이런 식인데, 시간의 진행에 따라 서술하는 이런 구성은 실제로는 별로 재미가 없다. 왜냐하면 독자들은 이미 아랑이 죽었다는 것을 알고 있기 때문에 귀신이 나타나도 별로 놀라지 않을 뿐 아니라 억울한 사연의 내막도 대충은 짐작하고 있다. 이럴 경우 독자들은 사또가 범인을 찾아내 응징하는 데에서나 흥미를 느끼고 약간의 카타르시스를 경험하게 될 것이다.

그렇다면 담대한 신관 사또의 입장에서 서술하는 것은 어떨까. 이 이야기는 아마 이렇게 시작할 것이다. 옛날 어느 고을에 부임하는 사또마다 첫날밤에 죽어나오는 변고가 생겨 아무도 그 고을로 부임하려 하지 않자 고을은 흉읍이 되고 조정에서는 근심 끝에 방을 붙여 사람을 모으니…… 역시 많은 판본들이 이 방식을 택하고 있는데, 첫번째 방식보다 훨씬 흡인력이 있다. 왜냐하면 괴이한 사건이 연달아 일어나고 있음을 서두에서 먼저 밝혀 독자들로 하여금 궁금증을 불러일으키기 때문이다. 이야기의 순서는 대체로 이렇다. 1)고을에 새로 부임하는 사또들이 줄줄이 죽는다. 2)용감한 사내가 자원하여 사또로 부임한다. 3)사내는 귀신을 만나 사연을 듣는다. 4)사내는 범인을 찾아내 응징한다.

훨씬 간결하다. 어쩌면 이 형태가 원형에 가까울 것이다. 왜냐하면 아랑 전설 말고도 많은 설화가 이 플롯을 따르고 있기 때문이다. 1)어떤 사람이 낯선 곳에 가서 2)괴이한 일과 마주하여 3)기지와 담력으로 그것들을 물리친다, 는 플롯은 우리나라뿐 아니라 서양의 민담과 설화에서도 자주 발견되는 것이다. 산중에서 길을 잃은 나그네가 여자 혼자 사는 집에 하룻밤 머물게 되었는데 밤이 깊어지자 부엌에서 식칼을 가는 소리가 들려와 몰래 살펴보니 백 년 묵은 여우였다. 그래서 죽을 동 살 동 달아나 목숨을 건졌다는 이야기도 따지고 보면 이런 플롯이다. 바보 이반이 길을 가다가 쇠로 만든 집에 들어갔더니 어쩌고 하는 이야기도 그렇고.

전자의 『청구야담』 스타일이 고소설식이라면 후자는 민담 스타일이라고 할 수 있을 것이다. 둘 다 나름의 장점이 있겠으나 현대적으로 이 이야기를 다시 쓰려는 사람이라면 이 양자를 피해 새로운 시각에서 이 사건을 바라볼 필요가 있다.

친딸처럼 키우던 아랑을 돈 몇 푼에 팔아넘긴 유모의 시각은 어떨까. "죽이기까지 할 줄은 몰랐다구요!" 이런 절규로부터 시작한다면 흥미롭지 않을까? 아니면 나비 한 마리가 머리에 앉았다는 이유만으로, 혹은 주기라는 이름을 갖고 있었다는 죄 아닌 죄로 죽임을 당한 관노나 통인의 시각은 어떨까. "이 억울함이 하늘에까지 닿을 것이오!" 그들은 이야기의 서두에서 울부짖으며 자신들의 결백을 주장할 것이다. 현대적 행형제도 아래 사는 우리가 볼 때 그들의 자백은 증거의 효력을 인정받기 어려운 고문과 강압에 의해 얻어진 것이므로 무효다. 따라서 그들의 항변은 현대의 독자들에게 꽤 설득력 있게 들릴 것이다.

이 밖에도 우리가 선택할 수 있는 대안은 많다. 우리는 가상의 인물을 만들어 투입할 수도 있다. 아랑의 소꿉친구라든지 혹은 아랑을 범한 관노의 동료 같은 인물이 등장해 사건의 전후를 설명하는 것도 나쁘지 않을 것이다. 소설은 장기가 아니다. 말은 얼마든지 있다.

꼬리를 무는 의심들

소설을 시작하기에 앞서 우리는 몇 가지를 의심해볼 필요가 있다. 의심의 대상에는 예외가 없다. 예를 들어 인물들 간의 관계, 첫번째로 관찰할 인물은 유모다. 아랑은 흔히 젖도 떼기 전에 어미를 여윈 것으로 묘사된다. 그런 아랑은 유모를 친어미처럼 따랐다고 한다. 그 유모는 통인이 돈을 주고 꼬드기자 아랑을 내아內衙 밖으로 유인해 범인에게 넘긴다. 이 유모라는 존재는 애매하면서 절묘하다. 아랑은 어린 처녀로, 게다가 수령의 딸이니만치 내아 깊숙이 들어앉아 있다. 따라서 통인이 아랑을 범하려면 그녀를 밖으로 끌어내는 것이 필수적인데, 이때 친어미를 이용한다면 설득력이 부족하고 의붓어미를 이용한다면 상투적인 계모설화로 전락하기 십상이다. 즉, 주범이 계모가 되어버리는 것이다. 하지만 아랑 전설은 유모를 등장시킴으로써 윤리적 비난과 상투성을 동시에 피해갈 수 있게 된다.

그렇지만 우리는 유모라는 인물에게 몇 가지 질문을 던질 수 있다. 아무리 친자식이 아니라 해도 돈 몇 푼 때문에 젖먹이 때부터 품어 키운 아이를 어떻게 그런 시커먼 놈에게 넘길 수 있단 말인가? 어찌 보면 좀 안이하다. 이 부족한 설득력을 어떻게 메울 것인가? 혹시 유모에게는 범행을 저지를 만한 다른 동기가 있었던 건 아니었을까? 예를 들어, 아랑의 아버지인 사또(이 인물은 부인이 없는 것으로 묘사된다)와 모종의 관계를 맺고 있었던 건 아닐까? 또는 범인과 돈 이외의 다른 거래를 하고 있었다거나, (가능성은 희박하지만) 자신들을 괴롭히는 사또를 어서 축출하려는 토착향반 세력의 사주를 받았다든가 하는 동기들이 있을 수 있다.

또 우리는 유모라는 인물에게 현대 정신의학의 연구결과들을 적용해볼 수 있다. 신경과민, 피해망상, 조현병 등. 여기에 트라우마가 결부되면 좋을 것이다. 이를테면 유모에게는 아랑과 똑같은 연배의 딸이 있었으나 부사 집안의 유모 노릇에 전념하느라 친딸을 비명에 보낸 후, 내심 아랑에 대해 강렬한 적의를 품고 있었다든가, 하는.

다른 한편 우리는 유모라는 인물이 정말로 있었던가, 라는 의문도 가질 수 있다. 이것은 유모라는 인물이 정말로 필요한가의 다른 표현일 수도 있다. 전설을 자세히 들여다보면 이 유모라는 인물은 아랑을 꼬여내는 기능을 수행한 이후에는 처치 곤란이 되어버린다는 것을 알 수 있다. 왜냐하면 아랑이 실종된 후, 사또나 주변 사람들의 추궁이 유모에게 쏟아졌을 것이 뻔하기 때문이다. 그녀가 어느 판본에서처럼 "호랑이에게 물려갔다"고 주장한다고 해도 사람들이 과연 그것을 액면 그대로 믿었을지는 의문이다. 따라서 이런 곤란을 없애기 위해 『청구야담』에서는 아랑을 죽인 범인이 "또 생각하매 유모乳

母를 죽이지 않은즉卽 일이 탄로키 쉬운지라, 또 죽여 겨드랑이에 각각 시신 한 구씩을 끼고 담을 넘어" 관가의 뒷산에 시체를 파묻었다고 처리하였다. 즉, 유모도 함께 죽여 독자들의 의문의 여지를 아예 없애버린 것이다.

아랑의 아비인 전임 사또라는 인물에게도 틈이 많다. 이 아비의 실종 전후 행적도 가지각색이다. 어떤 판본에서는 아랑이 외간남자와 바람이 났다고 생각하고 파임을 자청해 고향으로 돌아가버리고, 어떤 판본에서는 아랑을 찾다찾다 몸져누워 그대로 죽어버렸다고 전한다. 두번째 부인을 얻는 데 별로 어려움이 없었을 양반 신분의, 게다가 한 고을의 사또씩이나 되는 이 남자는 아랑의 생모와 사별한 후 십수 년간 별다른 이유 없이 '절개'를 지키다가 아랑이 사라지자 덜컥 밀양을 떠나거나 죽어버린다. 그는 공맹의 철학에 따라 교육받은 조선조의 관료치고는 너무 무책임하고 당시의 아버지치고는 정이 과하다. 따라서 우리는 이 '틈'에 새로운 이야기들을 밀어넣을 수 있을 것 같다. 혹시, 사또도 아랑의 죽음과 모종의 관계를 맺고 있는 것은 아닌가? 그래서 그렇게 황급히 밀양땅을 등져야 했던 것은 아닐까? 좀더 과감한 가설은, 혹시 사또가 아랑을 죽인 것은 아니냐는 데까지 이를 것이다. 그렇다면 왜 그는 친딸인 아랑을 죽인 것일까? 우리는 몇 가지 가능한 살해동기를 추정해볼 수 있다.

우선은 가문의 명예를 더럽힌 아랑을 그 아비인 사또가 손수 처치한 경우다. 조선조라는 시대 배경을 감안한다면 충분히 있을 수 있는 일이다. 애비 모르는 아이를 뱄다든가 아니면 천한 신분의 누군가와 정분이 났다든가 하는 경우가 있겠다. 그러고 보니 가만, 아랑을 죽인 범인이 관노라던 판본이 있었지. 그렇다면, 혹시 그 관노와 아랑이 눈이 맞았던 것? 신분의 벽을 넘어 진심으로 서로를 사랑했던 두 남녀, 그러나 끝내 그 꼴만은 볼 수 없었던 아비에 의해 참극이 벌어지고…… 이렇게 되면 이 드라마는 『로미오와 줄리엣』처럼 이루어질 수 없는 사랑을 둘러싼 비극의 양상을 띠게 된다.

그러나, 여기에서 잠깐 짚고 넘어가야 할 게 있다. 우리는 지금 실제로 벌어졌던 사건의 실체를 밝히려는 게 아니라는 것이다. 우리는 살인사건을 조사하는 형사나 추리소설에 투입된 탐정이 아니라 아랑 전설을 재구성하는 사람들일 뿐이다. 그래도 최소한 작가인 너는 뭔가 알고 있을 게 아니냐고, 다 알고 있으면서 감질나게 눈곱만큼씩 보여주고 있는 거 아니냐고 의심하지 않았으면 좋겠다. 나 역시 서툰 요리사처럼 이 흥미로운 재료를 이리저리 조몰락거리고 있을 뿐이다.

다시 아랑의 아버지 얘기로 돌아가보면, 그로서는 꼭 손에 피를 묻히지 않고도 소기의 목적을 달성할 수 있었을지도 모른다. 조선조의 많은 가장이 그랬듯, 가문의 명예 어쩌고 하면서 아랑이 스스로 목숨을 끊지 않으면 안 되도록 상황을 몰아갔을 수도 있다. 네가 그러고도 뻔뻔히 낯짝을 들고 돌아다닐 수 있느냐, 내 죽어 조상님들을 뵐 낯이 없다, 등등등. 결국 아랑은 자살하고 아비는 임지를 떠나 황망히 고향으로 돌아가는 것이다. 이렇게 되면 이야기는 조선조 여성의 열악한 처지를 고발하는 여성주의소설의 성격을 강하게 드러낼 것이다.

아무리 그래도 어떻게 자기 딸을 죽일까, 설령 그런 일이 있다고 해도 그걸 꼭 이야기로 만들어야 할까, 생각하는 이들도 있을 것이다. 그들 말에도 일리는 있다. 비록 현실에서는 빈번히 일어나는 일일지라도 이야기 속에서는 용납될 수 없는 것들이 있다. 예를 들어, 많은 작가들이 백화점이 붕괴되고 다리가 무너지면서 큰 혼란이 벌어지는 상상을 했을 수도 있겠지만 그걸 소설이나 영화로 만들지는 않았다. 그런 일은, 현실에서나 용납될 성질의 일이다. 관동대지진 시기에 일본인들이 수많은 조선인을 우물에 독을 풀었다는 말도 안 되는 이유 때문에 죽창으로 찔러 죽였지만, 그걸 소설로 미리 썼다면 (조선인들로부터도) 엉터리 선동물로 평가받았을 것이다. 그렇다. 현실에서는 어떤 일도 받아들여진다. '충격적인 일'이라고만 말하면 그만이다. 그리고 그 '충격적인 사건'은 곧 잊힌다.

아랑이 친딸이 아니라고 한다면, 아버지가 혈육을 죽인다는 패륜적 설정은 벗어날 수 있다. 이런 생각을 우리만 한 것이 아니라는 점이 흥미로운데, 실제로 많은 판본이 아랑은 밀양 부사의 딸이 아니라 기생이었노라고 말한다. 기생이라. 기생이라면 우리는 여러 가지 문제를 해결할 수 있다. 내아에 갇혀 지내야 하는 양반 처녀에 비해 기생은 사회적 접촉면이 넓다. 따라서 그녀에게는 '죽임을 당할 이유'가 상대적으로 많아진다. 그녀가 맺고 있었을 이러저러한 관계들을 검토하다보면 이런저런 살해동기들이 포착될 수 있을 것이다. 이렇게 얻은 카드들은 잘 묻어두었다가 결정적인 순간에 내보여야 한다. 카드는 많을수록 좋으니까, 우리의 의심은 이야기의 재구성이 끝나는 순간까지 계속될 것이다.

이야기의 발원지

현대에 살고 있는 우리는 민담을 지을 수 없다. 전설도 그렇다. 그것은 옛날에 만들어져 전해내려오는 것이지 우리 눈앞에서 만들어지는 것이 아니다. 설령 내가 '민담' 혹은 '전설'이라고 이름을 붙인 글을 써낸다 해도 사람들은 그것을 민담이나 전설로 보지 않는다. 우화적 기법이라는 둥 패러디라는 둥, 여러 가지 소리를 듣겠지만 어쨌든 현대에 생산되는 소설은 현대소설이다. 근대 이후의 소설들은 통상 하나의 출판사가 출판권을 가지며 한 명의 작가가 저작권을 소유한다. 민담이나 전설은, 물론 그렇지 않다. 그것에는 이렇다 할 소유권이 없다. 누구나 민담의 윤색가가 될 수 있다. 운이 좋다면 아주 새로운 민담을 만들어낼 수도 있다. 재미만 있다면 사람들이 거기에 살을 붙여 이리저리 퍼뜨릴 것이다. 물론 저자 이름은 아무도 모른다. 오랜 세월이 지나 그 이야기는 민담의 형태로 채집될 수 있을 것이다. '기록되지 않은 20세기의 민담들'이라는 제목으로 출판될지도 모르겠다. 정말 20세기에도 민담이 생겨나고 있다구요? 의

심의 눈초리를 보내는 사람도 있겠지만 나는 지금 이 순간에도 민담과 전설이 어디선가 만들어지고 있다고 생각한다.

이를테면 나는 이런 이야기를 알고 있다. 어느 여고에 새로 부임한 남자 선생이 숙직을 하게 되었다. 밤이 되어 그 선생이 랜턴을 들고 학교 곳곳을 순찰하다가 사층 어느 교실에 혼자 남아 공부하는 여학생을 보게 되었다. 문을 드르륵 열고 들어간 남자 선생은, 참 열심히 공부하는구나, 이제 그만 집에 가야지, 라고 점잖게 타일렀고 여학생은 그러겠다고 했다. 다음 숙직 때에도 비슷한 일이 벌어졌다. 선생은 다음날 아침 동료 선생에게 그 얘기를 했다. 사층 어느 반인가에 밤마다 늦게까지 남아서 공부하는 학생이 있던데요, 어느 반이지요? 다른 선생들이 모두 그 선생을 쳐다봤다. 왜들 그러세요? 선생들은 말해주었다. 이봐요, 이선생. 우리 학교에 4층이 어딨어요?

이런 이야기는 많다. 만약 이야기에도 발신지 추적장치 같은 게 있다면 우리는 최후의 한 사람, 즉 이 이야기를 최초로 생각해낸 어떤 사람을 찾아낼 수 있을 것이다. 또한 그 이야기가 처음으로 만들어진 시각도 알아낼 수 있을 것이다. 물론 이것은 논리적으로만 가능하다.

여기서 우리는 이 추론을 아랑 전설을 비롯한 옛 전설과 민담에도 적용할 수 있을 것이다. 그러니까 모든 전설과 민담에는, 비록 알아낼 수는 없지만, 그걸 최초로 구상한 누군가가 있다고 말이다. 정녕 대담한 가설이지만, 그래서 마음에는 들지만, 조금만 생각해보면 그게 아니라는 생각이 든다.

어렸을 때 하던 게임이 있다. 하나의 문장을 옆 사람에게 귓속말로 전하는 것인데, 예를 들어, 할아버지가 복덕방에 가서 친구들과 장기를 두다가 주무셨다는 문장은 불과 대여섯 번을 건너가면 아버지가 집 팔러 나갔다가 친구들과 바둑을 두었다는 문장쯤으로 변형된다. 그러니, 전설과 민담의 원형, 그리고 그것의 창작자는 존재하지 않을 가능성이 크다(존재하더라도 본인은 아마 그걸 모르고 죽었을 것이다). 우리는 오랜 탐사 끝에 한강의 수원지를 찾을 수는 있겠지만 그 샘물과 한남대교 아래를 흐르는 한강과는 어떤 친연성도 발견하기 힘들 것이다. 오히려 한남대교 아래를 흐르는 강물에 가장 큰 영향을 끼치는 것은 팔당호와 충주호의 수질과 부유물, 플랑크톤의 종류, 당국의 수질정책 따위 들이다.

그래도 어떤 이야기가 퍼지기 시작한 시대 정도는 잡아낼 수 있지 않을까? 그러니까 앞에서 예로 든, 학교 괴담이 퍼지기 시작한 것은 80년대 초반이었다. 아랑 전설도 처음으로 세상에 알려지기 시작한 시기가 분명히 있었었을 것이다.

우리에게는 그것이 필요하다. 정확히 알아낼 수는 없더라도 적당한 시대를 찾아낼 수는 있다. 앞에서도 잠깐 보았지만 다행히도 『정옥낭자전』을 비롯한 몇몇 판본은 친절하게도 그것이 조선 명종조의 일이었노라고 알려주고 있다. 물론, 이것을 액면 그대로 믿어서는 안 된다. 과거의 어느 이름 모를 이야기꾼이 세종도 아니고 선조도 아니고 굳이 명종을 택한 이유는 아마도, 명종조가 적당히 오래되었으면서도 별로 유명한 시대는 아니고, 게다가 임꺽정 등의 발호로 정치적 혼란이 극심했던 시기였기 때문이었을 것이다. 이렇게 시대를 명시해놓으면 이야기에는 아연 실감이 나게 마련이다.

조선의 13대 왕이었던 명종(재위 1545~1567)은 다른 왕들에 비하면 스포트라이트를 못 받은 축에 낀다. 연산군이나 세조처럼 화려한 이야깃거리를 만들어내지도 못했고 세종이나 성종처럼 뛰어난 업적을 남기지도 못했으며 선조나 인조처럼 전란을 겪지도 않았고 단종이나 고종처럼 비운의 시절을 보내지도 않았다. 그는 열두 살의 어린 나이에 배다른 형 인종을 대신하여 왕위에 올랐으나 불교에 반쯤 미친 욕심 많은 친어머니인 문정왕후의 수렴청정을 받아야만 했다. 외척들의 득세로 나라의 정치가 어지러워지고 바야흐로 유민과 도적 들이 곳곳에서 창궐하게 된다. 조선조의 가장 유명한 도둑, 임꺽정의 출현도 그의 치세중이었다. 이야기가 서식하기에는 좋은 토양이라 할 수 있겠다. 『정옥낭자전』 역시 사건의 배경을 명종 16년으로 하고 있다. 명종 16년이면 서기로 1561년이 되는데, 이때는 임꺽정이 황해도와 경기도를 중심으로 본격적으로 준동하는 시점이었다. "도적이 생겨난 곳에 으레 토포사라는 자가 파견되어 도적보다 양민을 더 많이 죽였고 왜적들이 출현한 곳엔 방어사라는 자들이 왜적보다 군민을 더 많이 죽였다"고 실록도 적고 있는 시대이다. 그런 시대라면 신임 부사가 연달아 죽어도 이렇다 할 대응을 못 했을 가능성이 크다, 고 사람들이 믿어주었을 것이다. 매력적인 시대다. 문제는 명종조라는 확신이 없으면서 그 시대를 배경으로 삼아도 되겠느냐는 것이다. 그럴 바에는 차라리 "옛날 옛적에……"라고 시작하는 게 더 낫지 않겠느냐는 주장도 설득력이 있다.

우리의 선택은 좀더 뒤로 미루기로 하자.

우연의 일치

우리가 아랑의 시대로 점찍고 있는 명종 16년, 밀양 부사가 올린 장계 중에 이런 내용이 보인다.

> 전임 부사 윤관이 파임하고 떠난 이후 새로 부임한 정여균은 전임지인 경기 안성에서 여역癘疫을 얻어온 탓에 부임 직후 사망하였고, 후임 부사 박이립 역시 환영연에서 과음한 탓에 급사하였는바, 이를 의관으로 하여금 검시토록 한 연후에 후히 장사지내주었다.

쉽게 말해 윤관이라는 부사가 떠난 후, 새로 부임한 두 명의 수령이 연달아 사망하였는데, 사인은 각기 전염병과 과음이었다는 얘기다. 어디서 많이 듣던 얘기 아닌가? 그로부터 며칠 후, 실록에는 밀양에서 벌어졌던 또하나의 사건이 경상 감사의 장계를 빌려 실려 있다.

밀양부密陽府의 관노 안국安國이 전임 부사 윤관의 여식 정옥貞玉을 겁간하려다 뜻을 이루지 못하자 시해한 뒤 도주했는데 신임 부사 이상사李上司가 그를 잡아 추국하던 중 모두 자복을 받았다. 이에 부사가 옥사獄事를 갖추어 장문狀聞하려 했으나 죄인 안국이 그만 옥사獄死하고 말았다.

사대부의 여식이 죽음에 이른, 이런 정도의 사건이면 의당 경관京官을 파견하여 조사했어야 했으나 기록은 그 이후의 일에 관해 침묵하고 있다. 아마도 그것은 그 무렵 조정의 주된 관심사가 온통 황해도와 경기도에서 준동하는 도적들에게만 쏠려 있었기 때문이었을 가능성이 크다. 때마침 조정은 황해도 방어사로 누구를 파견하느냐로 분분했고 온통 외척 윤원형의 손아귀에 잡혀 있던 조정에서는 마땅한 인물을 찾기 어려웠을 것이다. 이런 지경이었으니 저 남쪽 밀양땅에서 관노가 부사의 딸을 살해하고 그후에 부임한 신임 부사들이 연달아 의문의 죽음을 당하고 있는데도 별다른 조치를 취하지 못했을 것이다. 오히려 당시 조정은 남쪽에서 왜구를 소탕하던 인물들을 속속 경기와 황해 지방으로 불러올리고 있었다. 대표적인 인물로 남치근을 들 수 있겠다. 원래 제주와 전라에서 왜구들과 싸우던 방어사였던 그는 임꺽정의 활동이 거세지자 황해도로 파송돼 거기에서 결국 임꺽정을 잡는 데 성공한다.

살인은 그 시절에도 역시 위중한 범죄였다. 게다가 피해자가 양반인데다가 하극상이기까지 했다면, 서울에서 파송된 관리가 이를 맡아 처리하는 것이 관례였다. 심한 경우라면 해당 수령이 책임을 지고 물러나는 경우도 있었다. 그만큼 사대부의 안전은 국가의 기강과 관련된 일이었으므로 중요했다. 그런데도 이 사건에서는 이 중대한 사건을 신임 부사인 이상사가 모두 처리해버린다.

한편 우리는 이 두 기록에서 조선조 행정의 난맥상보다는 우리가 익히 알고 있는 어떤 사건과의 유사성에 주목하지 않을 수 없다. 관노가 부사의 딸을 겁간하려다 살해하고 수령들이 연달아 사망한 사건? 이것은 아랑의 전설과 너무도 흡사하다. 앞에 제시한 다른 자료들과 비교해보면 더욱 놀라지 않을 수 없는데, 우선 『한국문학대사전』에 기록된 밀양 부사의 이름과 거의 일치한다는 점('사'의 한자 표기는 다르다. 司와 舍)이다. 그뿐만 아니라 아랑의 본명을 윤정옥이라고 기록한 점에서는 『정옥낭자전』과도 일치한다. 이 놀라운 우연을 어떻게 설명해야 할까.

일단 이렇게 생각해볼 수 있다. 옛부터 전해져 내려오던 전설이 밀양에서 벌어진 실제 사건과 결합되어 빠른 속도로 조선 팔도에 퍼져나갔을 가능성이다. 그러니까 이런 식이다. 한 처녀가 억울하게 죽은 후 오랜 세월이 지나 어느 용감하고 지혜로운 남자를 만나 원한을 풀게 된다는 민담이 일부에 전해져 내려오다가 밀양에서 수령의 딸이 살해당하고 후임 부사들이 줄줄이 사망하는 사건을 만나 비로소 뚜렷한 시간적, 공간적 배경을 지닌 이야기로 다시 태어났을 수 있다는 얘기다. 설득력 있는 가설이다.

그 반대도 가능하지 않을까. 이 사건이 아랑 전설에 앞서 발생했을 가능성. 그러니까 이 사건으로부터 전설이 만들어져 전국으로 퍼져나가지 않았겠느냐는 얘기다. 기록에도 남아 있는 실제의 사건에 귀신 출현과 같은 흥미로운 모티프들이 덧붙여지면서 비로소 우리가 알고 있는 아랑 전설이 탄생한 것은 아니었을까? 그러나, 아랑 전설이 전적으로 16세기 밀양에서 벌어진 특정한 사건으로부터 유래되었다고 믿는 것은 조금 위험한 선택이다. 왜냐하면 아랑 전설과 유사한 이야기들은 16세기 훨씬 이전에도 존재한 것으로 보이기 때문이다.

세번째로 우리는 밀양에서 벌어진 사건이 고스란히 아랑 전설로 되어버렸을 가능성을 생각해볼 수 있다. 그러니까, 귀신도 있었고 복수도 있었다. 나비 혹은 붉은 깃발이 있었고 유모도 있었다는 것. 이것도 우리가 신문기사가 아닌 소설을 쓰고 있다는 점을 고려한다면 전혀 무의미한 가정은 아니다. 초자연적 존재에 대한 이야기는 21세기인 지금도 여름만 되면 방송에서 납량특집으로 즐겨 다루는 소재 아닌가. 그러니 우리가 사백 년 전 밀양땅에 귀신이 있었노라고 쓰지 못할 이유는 없다.

그러나 우리는 이 세 가지 중에서 우선 첫번째 가설을 선택해보기로 한다. 그 이유는 최근의 연구들이 아랑형 전설들의 역사가 상당히 오래되었음을 속속 밝혀주고 있는데다가(즉, 두번째 가설의 신빙성을 떨어뜨리고 있고), 소설로 구성하기에도 (상대적으로) 적합해 보이기 때문이다. 세번째 가설은 쓰지 못할 이유는 없으나 별 의미가 없다. 왜냐하면 그것을 그대로 쓴다는 것은 아랑의 전설을 그대로 베끼는 것 이상도 이하도 아니게 되기 때문이다.

의금부 낭관 김억균

움베르토 에코의 『장미의 이름』은 아드소라는 수도사의 눈과 입을 빌려 이야기를 서술해나간다. 사건 당시에는 소년에 불과하였던 아드소는 경험 많은 늙은 수도사가 되어서야 비로소 기록에 착수한다고 설정되어 있다. 그러나 중세 사람 아드소의 기록을 현대인이 그대로 읽기는 어려우므로 에코는 현대의 연구자, 즉 자신이 발견하여 다시 써낸 것으로 하였다. 에코는 1842년 파리의 라 수르스 수도원 출판부가 펴낸, 『마비용 수도사의 편집본을 바탕으로 불역佛譯한 멜크 수도원 출신의 (베네딕트회 수도사) 아드송의 수기』를 우연히 손에 넣게 됨으로써 소설을 쓰게 됐노라고 능청을 부리고 있다.

우리에게도 그런 인물이 한 명쯤 있다면 좋을 것이다. 아랑 사건의 전모를 상세히 알고 또 그것을 기록할 용의가 있는 사람 말이다. 머릿속에 퍼뜩 떠오르는 인물은 아랑과 조우하고도 목숨을 건진 용감한 사나이, 신임 부사 이상사이다. 우리는 이 사람의 입을 빌려 어떻게 그 위험한 밀양으로 부임할 생각을 했는지, 부임했을 때 상황이 어땠는지, 아랑이 나타날 때의 상황은 어땠는지, 문초를 당하는 용의자의 표정이 어땠는지 조목조목 말하게 할 수 있을 것이다. 그런데, 과연 그가 독자들의 흥미를 적절히 유발하면서 이야기를 끌고 나가기에 가장 적합한 인물일까? 소설 속의 화자는 자신이 아는 정보를 배분하는 인물이다. 모든 정보를 가지고 있는 자가 너무 조금씩만 내놓으면 독자로서는 짜증이 난다. 아드소 같은 인물이 적당한 것은 그가 사건 당시에 거의 무지에 가까운 상태였다는 걸 독자들도 잘 알고 있기 때문이다.

또 우리가 단순히 아랑 사건의 실체적 진실을 알리고자 하는 거라면야 이상사라는 카드도 내밀 만하다. 아직 아랑의 전설을 잘 모르는 사람들을 모아놓고, 옛날에 내가 말이지, 어쩌고저쩌고해도 사람들은 흥미있게 들을 것이다. 그러나 지금의 우리는 아랑 이야기에 너무도 익숙한 사람들에게 이 사건을 새롭게 해석한 이야기를 보여주려고 하는 게 아닌가. 그랬을 때, 이 사건의 최대 수혜자인 신임 부사 이상사—그는 이 사건으로 관직과 명성을 얻었다—는 그리 적합한 인물이 아니다.

『장미의 이름』을 보면 에코 역시 우리와 똑같은 문제를 겪었음을 알 수 있다. 그는 사건의 전말을 소상히 알고 있었던 진정한 주인공인 윌리엄 수사에게 마이크를 들이대지 않았다. 독자들은 자신들의 눈높이와 가장 비슷한 인물의 말을 귀여겨듣는다. 그 인물은 호르헤도 윌리엄도 아닌 바로 소년 아드소였던 것이다.

우리로서도 그런 인물이 한 명 필요하다. 그런데 맞춤한 인물이 눈에 띄질 않는다. 음…… 어사를 한 명 투입하면 어떨까? 암행어사가 아니라도 좋다. 암행어사제도가 활성화되는 것은 조선 후기니까 그냥 어사로 해두자. 이 어사를 밀양땅으로 보내 신임 부사 연쇄사망 사건, 아랑 살인사건 전반에 걸쳐 조사를 시킨다. 어쩌면 어사는 밀양땅에 도착하기도 전에 그 사건과 관련하여 급속하게 퍼져나가던 전설을 들었을지도 모른다. 당시 사람들 중에서도 어떤 이들은, 아니 날더러 그런 귀신 이야기 따위를 믿으란 말인가, 하고 코웃음을 쳤을 것이므로 어사를 그런 인물로 설정해도 무리는 없을 것이다. 어사는 문서검증과 취조를 통해 지방관의 실정을 파헤치고 선정을 치하하는 대단히 치밀하고 합리적인 업무를 수행하는 자가 아닌가.

그러나 어사라는 자도 강력한 권력을 가진 한 명의 고위관료이다. 이몽룡이나 박문수 같은 어사들은 이야기 속에나 등장하는 가공의 인물들일 뿐이다. 대부분의 어사들은 직분에 충실하기보다는 지방관이나 토호와 결탁하여 주어진 권력의 맛을 즐기는 데 몰두했을 것이다. 설령 그렇지 않았다 해도 어사라는 높은 직분의 인물은 이야기를 풀어내는 역할에는 별로 어울리지 않는다.

그렇다면 어사의 수행원은 어떨까? 품계는 종팔품 정도의 하급 관리로 하고 의금부나 포도청쯤의 낭관 직책을 부여하여 어사를 따르게 한다면 그럴듯하지 않을까? 그래도 좀 거부감이 든다면 서얼로 설정하도록 하자. 다행히 당시의 상소문 중에는 우리가 모델 인물로 써도 될 만한 의금부 낭관의 글이 있다.

경상도 밀양 관아에서, 수령이 죄인을 다룸에 있어 제대로 추국推鞫하지도 아니하고 함부로 인명을 해하는 일이 있었습니다. 밀양 부사 이상사는 아녀자를 살해한 관노 안국을 제대로 옥사를 갖추어 장문하지도 아니하고 멋대로 밀양부 옥에 가두고서 그날 밤에 죽였습니다. 비록 죄가 있다 할지라도, 충정忠情이 있어 군신君臣의 분수를 알고 있는 사람이라면, 독을 깰까 염려하여 쥐를 잡지 못하듯이, 임금에게 누가 미칠 것을 생각해야 마땅한데, 죽이기를 초개草芥같이 하였으니, 신자臣子된 마음으로 어찌 차마 할 수 있는 일입니까?……

쉽게 말해 재판절차도 갖추지 않고 죄인을 함부로 죽였으니 경관을 파견하여 사건을 다시 조사하고 부사 이상사에게는 징계를 내려야 한다는 내용이다. 이어 며칠 후, 경상도와 함경도 지역으로 각각 한 명씩 어사를 파견하라는 임금의 전교도 보인다. 이 인물이 어사를 수행하게 되었는지는 알 수 없다. 그러나 우리는 이 김억균이라는 자를 어사와 함께 밀양으로 내려보내보자.

어사 조윤이라는 인물

소설에 등장해보겠노라고 먼길을 마다하지 않고 찾아온 몇 명의 배우가 오디션을 통과했다. 먼저 소개할 인물은 어사 조윤 역을 맡을 배우다. 얼굴엔 주름이 자글자글한 중년 남자다. 어깨는 구부정하여 비굴하게 보이나 막상 눈을 보면 범상치 않은 광채가 난다.

"대본 받으셨죠?"

"네."

"어때요? 자신 있습니까?"

"한번 열심히 해보겠습니다."

그에게 조윤이 어떤 인물인가를 알게 해주어야만 했기에 적절한 에피소드 하나를 만들어주었다.

조윤에 관한 일화 한 토막. 조윤의 사노私奴 중 하나가 조윤에게 대들다가 매를 맞아 숨진 사건으로, 그 사건의 진상인즉, 이랬다.

조윤은 여간해서 종들을 결혼시키지 않았다. 부모의 한쪽이 노비이면 자식도 노비였으므로, 즉 어미가 천민이면 자식은 아비가 누구이든 천민이었으므로, 조윤은 남자 종들을 부지런히 결혼시켜야 할 이유가 없었다. 여색을 탐하는 그는 가능하면 여종들의 혼례를 늦추고 대신 자신의 노리개로 삼았다. 처녀 종들의 출산이 잇따랐고 이에 따라 남자 종들의 불만이 쌓여갔지만 조윤의 재산은 착착 늘어갔다. 아버지가 따로 없으니 피붙이끼리 작당하여 도망할 우려도 없었다.

그런데 조윤의 사노 중에 돌석이라는 자가 있었다. 나이는 스물을 넘긴 지 오래였지만 장가갈 가망은 보이질 않았다. 이자의 아비는 성종조에 황해 감사를 지낸 조윤의 아비였다. 그러니까 이자는 신분은 천민이었지만 조윤과는 이복형제였던 셈이다. 물론 이런 사실을 조윤이 알았을 턱은 없다. 자신이 관여하지 않은 노비들의 출생의 비밀까지 주인이 관심을 기울이지는 않았다. 어쨌거나 돌석의 어미는 그 말고도 열 명의 아이를 더 낳았으니 주인의 입장에서 보자면 알 잘 낳아주는 암탉같이 기특한 존재였을 것이다. 무려 열한 명의 노비를 불려준 셈이니까 말이다.

사달은 조윤이 제 아비도 건드렸던 돌석의 어미를 덮친 데서 시작됐다. 그에게는 단순히 종에 불과했겠으나, 따지고 보면 자신의 계모뻘이 되지 않는가? 그녀 나름의 어떤 윤리적 판단이 개입되었는지는 알 수 없으나 조윤이 난데없이 덮쳐오자 돌석의 어미는 완강하게 저항했다. 그녀의 완강한 저항으로 뜻을 이루지 못한 조윤은 그녀의 옷을 갈기갈기 찢어버리고는 머리채를 휘어잡아 마당에 내동댕이쳐 버렸다. 그녀는 머리부터 거꾸로 댓돌에 처박혀 그 자리에서 정신을 잃었다. 그러자 돌석이 방으로 뛰어들었다. 자기 키만한 절굿공이를 들어 방바닥을 기어다니는 조윤을 찍었으나 빗나가버렸고 비명소리를 듣고 뛰어든 사람들의 만류로 끝내 뜻을 이루지 못했다. 조윤은 바지춤을 황망히 추스르고 방을 빠져나간 후, 의관을 정제하고 대청으로 나가 돌석을 정죄했다.

돌석은 근 반나절 모진 매를 맞으며 살려달라, 목숨만, 목숨만, 하고 빌다가 돌연 핏발선 두 눈을 홉뜨고 조윤을 향해, "저런 개버러지 같은 작자가 내게 도덕이며 오륜을 말한단 말인가. 내 구천에서라도 네놈의 일족이 지렁이모양 땅바닥을 벌벌 기다가 사지 마디마디 잘근잘근 잘려나가는 모습을 꼭 보고야 말리라"고 일갈한 후, 핏물 엉긴 침을 조윤을 향해 뱉은 후, 쓰러져 죽었다.

돌석이 죽은 후에도 조윤은 태연하게 정사를 보면서 여종들의 종마 노릇을 해나갔다. 그로부터 딱 열 달 후, 돌석의 어미는 막내를 낳았다. 딸이었다. 아기는 목에 탯줄을 감은 채 시푸르뎅뎅한 얼굴을 하고 숨넘어갈 지경으로 빠져나왔으나 요행히 살았다. 그렇긴 했으나 나이를 먹어도 말을 배우지 못하고 침을 질질 흘리고 다니는 반빙충이로 자라났다.

훗날 이 반빙충이는 열세 살 때 첫아이를 배었다가 출산 도중에 죽는다. 모두들 반빙충이의 배를 불린 것은 조윤의 짓이라고 수군거렸으나 아무 일도 일어나지 않았다.

경상좌도 어사로 임명된 조윤은 그런 자였다.

"대충 감이 오지요?"

“네.”

“자, 그럼 오늘은 이만하고 다음에 봅시다.”

배우는 자기 대본을 들고 집으로 돌아갔다.

서두

홍명희의 『임꺽정』은 머리말을 이렇게 시작한다.

자, 임꺽정이의 이야기를 붓으로 쓰기 시작하겠습니다. 쓴다쓴다 하고 질감스럽게 쓰지 않고 끌어오던 이야기를 지금부터야 쓰기 시작합니다. 각설, 명종대왕 시절에 경기도 양주땅 백정의 아들 임꺽정이란 장사가 있어……

이야기 시초를 이렇게 멋없이 꺼내는 것은 이왕에 유명한 소설권이나 보아두었던 보람이 아닙니다. 수호지 지은 사람처럼 일백단팔마왕이 묻힌 복마전伏魔殿을 어림없이 파젖히는 엄청난 재주는 없을망정 삼국지같이 천하대세 합구필분合久必分이요, 분구필합分久必合이라고 별로 신통할 것 없는 말쯤이야 이야기 머리에 얹으라면 얹을 수 있겠지요.

이야기를 쓴다고 선성만 내고 끌어오는 동안에 이야기 머리에 무슨 말을 얹을까, 달리 말하면, 곧 이야기 시초를 어떻게 꺼낼까

두고두고 많이 생각했습니다. (……)

그러나 이 생각 저 생각이 모두 신신치 아니한 까닭에 생각을 통히 고치어 숫제 먼저 이야기가 생긴 시대를 약간 설명하여 이것으로 이야기의 제일 첫머리 말씀을 삼으리라 작정하였습니다.

이러고 나서 홍명희는 바로 임꺽정이 태어나기 한참 전인 성종의 치세로 들어가버린다. 이 장면을 통해 우리는 홍명희가 '글의 서두를 어떻게 꺼낼까'의 문제를 고민했다는 것을 짐작할 수 있다. 홍명희는 고소설의 필치를 흉내내기도 하고 『수호지』나 『삼국지』를 거론하기도 하면서 고민의 일단을 비춘다. 그 역시 우리처럼 이런 생각 저런 생각으로 뒤척이다가 끝내는 "이 생각 저 생각이 모두 신신치 아니하다"며 생각을 완전히 바꿔 먼저 이야기가 생긴 시대를 설명하기로 했다고 말한다.

그가 이토록 고민했던 이유는 우리도 잘 알고 있다시피 글의 서두가 때로는 모든 것일 수 있기 때문이다. "명종대왕 시절에 경기도 양주땅 백정의 아들 임꺽정이란 장사가 있어"로 시작하는 고소설 방식은 『정옥낭자전』도 취하고 있는 것이어서 낯이 익다. 홍명희는 이 낡은 형식으로는 임꺽정이 등장하지 않으면 안 되었던 사회, 정치적 필연성을 설명하는 데 어려움을 겪으리라 판단했던 것 같다. 이에 비해 홍명희가 선택한 방식, 즉 이야기가 생긴 시대를 먼저 설명하는 방식은 당시의 사회, 정치적 정세를 설명하기에 용이하고 후일 꺽정이 도적질이라는 비윤리적 행위를 저지를 때에도 독자들이 그를 의적으로 여기게끔 만들어준다.

이런 방식은 성서에서도 볼 수 있다. 신약성서는 「마태복음」으로 시작하는데 「마태복음」의 첫머리는 이렇다. "아브라함의 후손이요, 다윗의 자손인 예수그리스도의 족보는 다음과 같다. 아브라함은 이삭을 낳고, 이삭은 야곱을, 야곱은 유다와 그의 형제를 낳았으며, 유다는 다말에게서 베레스와 세라를 낳고 베레스는 헤스론을, 헤스론은 람을, 람은 아미나답을, 아미나답은 나손을, (……) 엘르아살은 맛단을, 맛단은 야곱을 낳았으며, 야곱은 마리아의 남편 요셉을 낳고, 마리아에게서 그리스도라 칭하는 예수가 나시니라."

아토다 다카시라는 성서 연구가는 처음 이 장면을 접했을 때, 도대체 장장 한 페이지에 달하는 이 장황한 계보가 무슨 필요가 있을까, 의아하게 생각했었다고 한다. 그러나 구약성서에 관한 연구에 착수하고 나서야 그는 그것이 구약의 역사를 가장 간결하게 추려낼 수 있는 방식임을 깨달았다고 술회하고 있다. 구약의 이야기를 어려서부터 귀에 못이 박이도록 듣고 자란 유대인들과 독실한 기독교인들은 그 계보만 봐도 예수가 어떤 시대에 모습을 드러냈는지를 알 수 있게 되는 것이다. 홍명희 역시 성종과 인수대비로부터 시작해 연산군의 폭정과 중종 연간 조광조 일파에게 몰아닥친 기묘사화를 거쳐 명종조의 문정왕후와 그의 형제들인 윤원로, 윤원형 일파의 득세까지 간결하게 정리해놓아 독자들로 하여금 임꺽정이라는 인물이 과연 어떤 시대에 태어나게 될지를 암시해주고 있다.

그뿐만 아니라 성서는 예수의 탄생을 로마 황제의 인구조사령, 유대 왕 헤롯의 유아 살해라는 정치적 사건들 사이에 위치시켜놓았다. 로마사 연구자인 시오노 나나미는 자신의 저서 『로마인 이야기』를 통해 이런 의문을 제기한 적이 있다. 아무리 자료를 뒤져봐도 예수가 태어난 것으로 짐작되는 서기 1년을 전후한 몇 년간은 로마에서 인구조사가 실시된 기록이 없다는 것이다. 그런데도 어떤 로마사 연구자나 기독교 사가 들로부터도 이에 대해 만족할 만한 해답을 들은 적이 없었노라고 했다.

성서를 (조금 대담하게) 이야기책으로 가정하고 복음서의 저자를 이야기꾼으로 가정한다면 어떨까. 복음서의 저자들은 예수가 어떤 시대에 태어났는가를 보여줄 필요가 있었고 그러기에 로마의 인구조사는 썩 그럴듯한 배경이었을 것이다. "예수는 로마 지배하의 유대에서 태어났다"고 건조하게 서술하는 것보다는 "로마 황제의 인구조사령에 따라 요셉과 임신중인 마리아는 베들레헴으로 길을 떠나야 했다"고 쓰는 것이 훨씬 흥미로운 서술방식이다.

그러나 우리가 써야 할 이야기는 성격이 조금 다르다. 성서는 만민을 교화한다는 뚜렷한 목적이 있었고 『임꺽정』은 장장 열 권에 달하는 대하소설이었다. 성서의 서두는 그러므로, 예수의 탄생을 신비화하여 그의 고난을 극적으로 부각시켜야만 했고, 『임꺽정』의 서두는 열 권 가까운 분량을 이끌고 나가기 위한 사회, 정치적 배경 설명을 필요로 하고 있었다.

이렇게 이야기를 만드는 자들은 그 목적과 성격에 따라 고심을 거듭하여 가장 적절하다고 생각하는 서두를 내어놓는다. 이 서두에서 작가는 '누가, 어떻게' 쓰고 있다는 것을 어쩔 수 없이 드러내야 한다. 그렇기 때문에 작가는 서두를 시작하기 전에 이미 작중화자와 작가의 시점, 그리고 문체를 결정해야 한다. 작가가 하느님처럼 머리 꼭대기에 앉아 마음속까지 들여다보고 있는 존재인지 아니면 별 볼일 없이 주인공 옆에서 엿보는 놈인지를 정해주어야 한다.

김억균의 의문

김억균 역을 맡을 배우에게는 인물파악을 위해 몇 자 적어서 건네주었다.

"자, 받으시고 잘 읽어보세요."

"네."

그는 본래 충주 지방의 별 볼일 없는 사대부가의 아들로 태어났으나 서얼이었고, 그러니 관직에 나아가기가 어려웠다. 허나 어려서부터 총명한 구석이 있어 참판 벼슬을 지낸 어느 먼 친척의 눈에 들었다. 내친김에 이 양반은 김억균을 양자로 삼았다. 무과에 급제하여 관직을 얻은 김억균은 의금부 낭관의 자리에까지 오른다.

"서얼이 아무리 양자가 되었기로서니 관직에 나갈 수 있나요?"

"다음 장을 봐주세요."

본래 조선 초기만 해도 서얼들에 대한 차별은 훨씬 덜했다. 세조대에만 해도 조준趙浚의 서녀가 낳은 아들들인 안유와 안혜에게 "하늘이 백성을 낼 때 본시 귀천이 없다"며 과거 응시를 허락했다는 기록이 있다. 그러나 성종 대에 이르러 『경국대전』이 반포되자 이야기는 달라진다. 이때부터는 서얼의 관직 임용길이 거의 막혀버린다. 단지 조일전쟁중에는 일정 분량의 쌀을 바치면 서얼에게도 과거 응시자격을 주었으나, 이는 텅 빈 국고를 채우기 위한 단기적인 조치였을 뿐이다.

그렇다면 김억균은 설령 고관의 양자로 들어갔다 해도 관직에 임용되기 어렵지 않았을까? 『경국대전』이 엄격하게 지켜지지 않는 시기도 많았고 사람에 따라 대전의 규정들을 이리저리 편법으로 회피해간 경우도 많았으리라 추정되므로 김억균의 경우도 그러지 않았을까 추정할 뿐이다. 그리고 김억균은 아마도 여종의 자식(이를 얼이라 부르는데)은 아니었던 모양이다.

어쨌든 서얼들은 20세기의 재일교포들처럼 출세의 길이 원천적으로 막혀 있었으므로 다른 길을 모색할 수밖에 없었다. 때로 그것은 반란이나 봉기로 이어졌다. 광해군 때의 일곱 서자의 반란 모의 사건 등이 그것이다. 김억균은 그러나 그런 기류에 휩쓸리지는 않았다. 그에게는 일단 말단이긴 했으나 관직도 있었고 그에 따라 입에 풀칠은 할 수 있었다. 단지 그가 양반제도 같은 사회시스템에 대해 냉소적이었으리라는 건 짐작할 수 있다. 아마 종팔품 낭관직이 그에게는 올라갈 수 있는 최대치였을 것이며, 그가 과거를 치르기 위해 배웠을 사서삼경의 정치철학을 시현할 기회 같은 것은 영원히 찾아오지 않았을 테니까 말이다. 총명했으나 앞길이 막힌 사내. 입가에 비웃음이 머물지 않을 이유가 없었을 것이다.

아비를 아비라 부르지 못하고 형을 형이라 부르지 못한다고 절규했던 홍길동이야 그의 앞세대이지만 그 역시 그 정도 두께의 절망만큼은 공유하고 있었을 터이다. 절망이 욕망으로 전환되는 사람이 있는가 하면 그것이 무욕으로 승화되는 사람도 있을 터이다. 김억균은 어떤 사람이었을까. 아마 그 중간쯤이 아니었을까? 욕망도 무욕도 아닌 그 중간 어디쯤 어중간하게 걸쳐져 그저 그렇게 하루하루 무료하고도 지루한 나날들을 갖가지 공상과 잡념으로 견뎌나가고 있지 않았을까?

이리되었든 저리되었든 밀양의 사건을 접한 그는 대단한 흥미를 보였다. 절색의 여인, 두 명의 수령, 한 명의 관노가 줄줄이 죽어나갔다. 그는 밀양 부사 이상사의 장계부터 수상하게 여겼다. 여역이라니! 그건 사 년 전 경기 안성, 부평, 인천 등지에서 잠시 유행했을 뿐, 남쪽으로 내려간 적이 없었다.

김억균의 의문은 일리가 있었다. 『명종실록』을 봐도 여역에 관해 명종 12년에 경기 이천, 교동, 부평에서 발생했고, 그후로는 명종 17년에 이르러서야 충북 진천과 제천에서 발생했다고 기록되어 있기 때문이다. 그러니 이 소설의 배경인 명종 16년에는 여역이 발생한 지역도, 사례도 보고된 바가 없다. 명종 12년을 기록한 실록의 일부를 옮기면 이렇다.

명종 12년 2월 24일

경기 이천, 교동에 여역이 치성하여 감사가 의원을 보내 약물을

가지고 와서 치료해주기를 청하였는데, 따랐다.(『명종실록』 20집, 395쪽)

김억균은 이어 여역으로 사망한 부사의 후임 부사마저 과음으로 급사했다는 부분도 의문스러워했다. 전임 부사의 여식을 살해했다는 관노 안국의 일도 괴이하기는 마찬가지였다. 이 또한 정식으로 옥사를 마련하여 장계를 올려 하명을 기다린 후에 죽이든지 말든지 해야 할 것인데 무지하게 장을 때려 죽게 만들었다니, 아무리 하찮은 관노의 목숨이지만 관노란 사적인 소유가 아닌 관의 것인데…… 김억균으로서는 도무지 이해가 가지 않는 점이었을 것이다.

"좀 어려운 인물인 것 같은데요."

"잘 부탁합니다."

배우는 고개를 갸웃거리며 일단 집으로 돌아갔다.

밀양에 도착한 어사 일행

어사 조윤과 그를 수행한 종자들이 안동이며 산청 등 경상도 북부의 여러 고을을 경유해 밀양으로 들어섰을 때는 이미 6월도 절반을 넘긴 18일이었다. 실록에 의하면 그날 이런 일이 있었다.

> 명종 16년 6월 18일
>
> 청홍도淸洪道 청주淸州에 소나기가 내리고, 우레가 치며 우박이 내렸다. 여자 두 명이 벼락 맞아 죽었다.(『명종실록』 20집, 595쪽)

음력으로 6월이면 양력으로 7월 무렵인데 이 한여름에 벼락이야 칠 수 있겠으나 우박까지 내렸다는 건 정말로 드문 일이었다. 게다가 한 사람도 아니고 두 명의 여자가 같은 날 벼락에 맞아 죽었다니, 이것도 예삿일은 아니었다. 그러고 보면 1561년 6월 18일은 정말로 뭔가 심상한 날이 아니었다는 느낌이 든다. 하긴 그들이 경상도 지역을 돌고 있었던 5월도 예사로운 달은 아니었다. 이달은 음력으로 윤달이었다. 그런데 이달에는 이상하게도 천기에 변괴가 많았다. 5월 9일에는 "미시未時에 태백太白이 오지午地에 나타났다."(『명종실록』 20집) 미시면 오후 한시에서 세시 사이고 태백이라면 지금의 금성이다. 오지라면 정남쪽을 가리키는 방위이니 다시 말해 새벽녘 동쪽에 떠야 정상인 금성이 대낮에 남쪽에 나타난 것이다. 5월 16일 다시 똑같은 일이 발생하였고 이날, "경기 포천抱川에 사는 사노비私奴婢 돌금都叱今이 남편을 살해했다는 것으로 복주伏誅되었다." 즉, 태백이 남쪽 하늘에 떠 있던 어느 날, 한 노비가 남편을 살해하고 그 죄로 사형에 처해진 것이다. 금성이 대낮에 출몰한 9일과 16일 사이, 서산에선 이런 일도 있었다. "청홍도 서산군瑞山郡 어느 민가民家에서 병아리를 깠는데 발이 네 개 달린 것이 있었다." 이러니 햇무리가 지고 유성이 나타난 일쯤은 거론할 게 못 될 정도다.

물론 우리의 어사 일행은 이 모든 변고에 대해 알 리가 없었을 것이다. 그러나 농사를 짓는 백성들은 양반들보다는 기상변화에 관심이 많았다. 그들은 나름의 방식으로 가뭄과 홍수를 예측해야 했고 그러느라 양반들보다는 하늘을 많이 볼 수밖에 없었다. 양반들이 난초를 건사하는 동안 그들은 비 한 방울 뿌려주지 않는 하늘을 원망했고, 그것은 곧 임금의 덕 없음을 한탄하는 소리로 발전되었다. 게다가 때는 명종 16년, 아무리 남쪽 백성이라 한들 황해도 대도적의 소문을 못 들었을 리 없었다. 그들은 대낮에 남쪽에서 불길하게 번쩍이는 태백성과 어리고 미숙한 군주, 그리고 임꺽정을 자연스럽게 연결하여 입방아에 올리고 있었을 것이다. 그래도 어사 조윤이야 그런 일에 종내 무관심했을 것이다. 김억균이라면 혹시 몰라도.

어쨌든 어사 일행은 밀양부 입구 오리정五里停에서 마중나온 부사 이상사의 융숭한 환대를 받았다. 벼락치듯 기습하여 혼을 쏙 빼놓는 『춘향전』에서의 어사출또 장면과는 사뭇 다른데, 어쩌면 이것이 더 사실史實에 가까울 것이다. 실제로 어사의 움직임에 대해 대부분의 지방관들은 어사보다 더 잘 알고 있었다. 수령들치고 서울에 연줄 하나 없는 사람은 드물었으니 몰랐다면 그게 더 이상한 일이었다. 게다가 가는 곳마다 역참에 들러 말도 갈아타고 숙식도 제공받아야 했기 때문에 어사의 동정은 역졸과 역리 들에 의해 신속하게 감영과 각 고을의 관아로 전파되었을 것이 분명하다.

이렇게 하여 우리의 어사 일행은 1561년, 명종 16년 6월 18일에 밀양으로 들어섰다.

경쟁하는 이야기들

밀양부에 도착한 어사 일행을 좀더 살펴보자. 이들은 관아의 객사와 근처 민가에 흩어져 머물며 먹고 마시느라 이틀을 보낸다. 너무 오래 쉬는 것 아니냐고 생각할 수도 있지만 당시의 도로 사정을 생각한다면 그 정도는 지나친 것이 아니었다. 길이라는 게 모두 비만 오면 진창으로 변하는 흙길이었는데다가 때는 여름이었다. 가마를 타고 가는 어사라고 해서 편안한 것만은 아니었을 것이다. 나룻배만큼이나 출렁거리는 게 가마라서 안에 들어 있는 사람은 멀미하기 십상이었다. 노새나 나귀를 타고 가는 나머지 일행들의 경우는 더 심했다. 노새나 나귀 들은 통제하기도 어려워 틈만 나면 까탈을 부리고 자기들끼리 대가리를 치받으며 싸우기 일쑤다.

그렇게 갔으니 며칠 쉬는 것은 당연하다. 쉬면서도 김억균은 슬슬 밀양부를 돌아다니며 이 사람 저 사람의 이야기를 들었다. 밀양과 밀양 부근 고을에선 단연 아랑의 이야기와 황해도의 도적 이야기가 최대의 화제였을 테지만 사람에 따라 조금씩 이야기는 달랐다. 이를테면 그가 한양에서 들었던 이야기에는 아랑의 유모 이야기가 없었는데 밀양에 오니 유모 이야기가 등장하였다. 말인즉, 아랑에게는 유모가 하나 있었는데 이 여자가 음탕하기가 이를 데 없어 관노와 정을 통했다는 것이다. 얘기는 제법 그럴듯해서 이 유모는 남의 집 아이들에게 젖을 먹이느라 자기 가족과는 자연히 멀어지게 되었고, 그러던 차에 수령을 따라 타지로 오다보니 아예 독수공방하는 과부나 마찬가지 신세가 되어 관노와 정분이 났다는 것이다. 아랑이 둘의 정사를 목격했고 그것이 살해의 직접적인 동기가 되었다는 식이다.

유모라면, 아랑을 어렸을 때부터 키워온 반쯤은 어머니가 되는 사람이다. 그런 여자가 욕정 때문에 그런 일을 저지를 수 있었을까, 억균은 곰곰이 생각했다.

다른 이야기를 하는 사람도 있었다. 그런 이들은 유모라는 존재가 아예 없었다고 말한다. 유모가 아니라 첩이라는 것이다. 전임 수령 윤관이 부임해와 맞아들인 첩이 있었는데 그 첩이 아랑을 미워하여 관노놈을 꼬드겨 겁탈케 했고, 그게 그만 살인으로 이어졌다는 이야기다. 전임 부사 윤관의 오랜 홀아비생활을 감안한다면 전혀 얼토당토않은 이야기는 아니다.

반면, 유모니 계모니 하는 것은 아예 있지도 않았다고 자신 있게 주장하는 치들도 있었다. 그저 관노놈이 아씨를 짝사랑하다 제 정에 못 이겨 뜻을 이루려다가 실패했을 뿐, 달맞이 가자고 꼬여낸 유모나 계모 따위는 없었다고 하는 것이다.

불과 몇 달 전에 일어난 일이 이렇게도 다르게 알려질 수 있다는 게 억균으로서는 별로 놀랍지 않은 일이었다. 이야기는 대체로 부풀려지거나 가감되었고 입에서 입으로 전해지는 동안 윤색된다는 것쯤은 그도 잘 알고 있었다.

살인자의 신분도 말하는 사람에 따라 이랬다저랬다 했다. 관노가 아니라 통인이 죽였다는 이야기도 흘러다녔다. 그러나 우리도 보았다시피 장계에는 관노 안국이 아랑을 죽였다고 되어 있다. 그것을 알고 있는 김억균은, 너무 멀리 나가지는 않았다. 다만 일말의 의심은 품었다.

아랑의 행색에 대한 이야기도 빠질 수는 없었을 텐데, 예를 들어, 귀신이 되어 나타났을 때 입에 칼을 물고 있었다는 자도 있었고, 목이 졸려 죽었기 때문에 혀를 빼물고 있었다는 자도 있었고, 가슴에 칼을 꽂고 있었다는 자도 있었다. 그런 얘기를 할 때면 사람들은 누구나 마치 아랑을 눈앞에서 직접 보기라도 한 듯 몸서리를 치며 실감나게 아랑의 모습을 그려내려고 노력했다.

관노가 겁간을 한 뒤에 죽였다고 은밀히, 마치 자기가 그 현장에 있었다는 듯이 일러주는 이도 있었고, 그게 아니라 겁간을 하려는데 아랑이 완강히 저항하자 죽인 후에 범했다고 말하는 이도 있었다.

이 시기의 밀양이야말로 이야기의 격전장이었던 것이다. 아마추어 이야기꾼들은 각기 자신이 만들어낸 이야기가 살아남을 수 있도록 최선을 다했으리라. 그것이 마치 자신의 유전자라도 되는 것처럼 말이다.

탐정

『정옥낭자전』의 독특한 점 하나는 저자가 아랑 사건을, 요즘 식으로 말하자면, 명백한 연쇄살인사건으로 보고 있다는 것이다. 두 명의 수령과 아랑과 용의자 안국, 이렇게 네 명이 죽고 아랑의 아비인 전임 수령은 달아난 사건. 따라서 『정옥낭자전』의 화자인 종팔품의 의금부 낭관인 김억균은 뒤늦게 이 사건의 현장인 밀양으로 파견되어 '탐정'의 역할을 맡게 되는 것이다. 억균은 처음 밀양의 전설을 듣는 순간부터 그것을 의심하며 현지에 내려가서도 일관되게 이 사건이 연쇄살인사건이라는 관점하에서 수사를 진행한다. 그는 증거를 수집하고 이를 비판적으로 분석하여 허위를 밝혀나간다.

우리는 『정옥낭자전』에 등장하는 이 김억균이라는 인물에서 셜록 홈스나 포와로 같은 근대적 의미의 탐정(물론 그들도 김억균과 같은 소설 속 인물이었다)들의 그림자를 발견하게 된다. 어쩌면 이 『정옥낭자전』의 저자가 자신도 모르게 서양의 번역(혹은 번안) 추리소설의 영향을 받았을지도 모른다. 아니면 이렇듯 합리적인 추론에 의존

하여 수사를 해나가는 김억균이라는 인물이 정말로 존재했을 가능성도 드물지만 있을 수 있다.

어쨌든 이런 김억균의 행보가 순탄치는 않을 것이다. 어떤 의미에서 그는 초대받지 않은 탐정이다. 누구도 그에게 사건을 의뢰하지 않았다. 게다가 어떤 권력도, 화려한 경력도 없다. 근대성이라고는 발아조차 하지 않은 조선 중기의 관료체계, 그에게는 어울리지 않는 역할이었을 것이다.

북, 고목, 대밭

옷을 차려입고 신발을 꿰어신은 억균이 대청마루에 앉아 있다. 아직 어사가 일어나지는 않았을 시간이다. 게으름이 몸에 밴 그 양반이 이렇게 일찍 일어나 업무를 시작했을 리가 없다는 건 수행원 모두가 잘 알고 있는 사실이다. 누가 양반 아니랄까봐 해가 중천에 떠올라서야 눈을 뜨고, 그러고도 한동안을 자리에서 기생의 엉덩이나 주무르다가 옷을 차려입고 밖으로 나서는 인간이다. 하긴, 그렇다 해도 누가 뭐랄 사람도 없었고 또 그의 시대엔 그럴 수 있다는 것이 권력의 징표였다.

억균은 어슬렁거리며 객관을 나와 몇 발짝 떨어지지 않은 관아로 가는 대신 읍내를 천천히 돌아본다. 사람들의 표정은 어둡지도 않고 그렇다고 밝지도 않다. 가까운 곳에 장이 서는지 지게 짐을 진 사람들이 바쁘게 이곳저곳으로 움직였다. 장맛비로 젖은 길은 아직 진창이어서 모두가 길 가장자리로 걸어다니고 있다. 가끔 나귀나 노새를 끌고 지나가는 이들도 있는데, 나귀는 길 가운데로 걸어가고 주인은 가장자리로 걸어간다. 가끔 나귀의 발굽이 흙탕물을 튀겨내거나 하면 주인은 들고 있는 싸리나무 채찍으로 애꿎은 나귀의 등짝을 후려쳐 화풀이를 한다.

억균은 이곳저곳을 기웃거리며 구경하다가 관아로 발길을 돌린다. 관아 앞에는 갖가지 송사에 끼어들어 한몫 챙기는, 지금으로 말하자면 브로커나 변호사쯤 되는, 외지부外知部들이 서성대고 있다. 이들은 소송기술을 가르쳐주거나 소장을 대신 작성해주기도 했고, 때로는 아는 아전에게 줄을 대어 소송을 유리한 방향으로 이끌 수 있다며 돈을 우려내는 자들인데 관아 앞에서 얼쩡거리기에 딱 좋은 인물들이다. 이들은 이런 지방의 관아뿐 아니라 한성부에도 부지기수로 있었으므로 억균에게도 낯선 풍경은 아니었을 것이다. 이들은 억균이 자신들을 살피기 시작하자 슬금슬금 하나둘 사라져버렸다. 어사도 와 있는 판에 괜히 걸려봐야 좋을 게 없다는 걸 이들은 본능적으로 알고 있었다.

관아의 입구를 겸한 홍살문에는 두 명의 나졸이 경계를 보고 있다가 억균이 들어서자 인사를 한다. 문을 지나 마당으로 들어서면 오른쪽에 누각이 있고 그 속에 커다란 북이 보인다. 테두리엔 화려한 단청, 가운데는 삼태극이 그려져 있었고 곁에는 어른 팔뚝만한 북채가 놓여 있다. 우리가 검토할 그 북이다.

억균은 대고大鼓 앞에 가서 한참 동안을 바라본다.

"이리 와보거라."

억균이 홍살문 근처에서 어슬렁거리는 나졸을 부른다.

"그 얘기 아느냐?"

"예?"

"오다가 거창에서 들은 얘기인데."

"거창에서 말입니까요?"

"아랑을 죽인 놈이 이 북을 열어 시체를 감췄었다던데……"

나졸은 눈을 휘둥그렇게 뜨며 손사래를 친다.

"턱도 없는 말씀입니다요. 아씨는 저 뒷산의 대밭에서……"

억균은 나졸이 당황하는 모습을 빙그레 웃으며 바라보다가 자신의 주먹으로 북을 둥둥둥 가볍게 두들긴다.

억균의 말마따나 거창 쪽 전설은 다른 부분은 일치하나 시체를 은닉한 장소가 대밭이 아니라 북이라는 점에서 다르다. 또한 겁탈하려는 장소가 영남루가 아니라 관아라는 점에서도 차이를 보인다. 이야기인즉, 통인이 아랑을 겁탈하려다가 뜻을 이루지 못하자 죽여서 그 시체를 관아의 큰북 안에 던져넣고는 다시 막아놓았다는 것이다.

신임 부사가 범인의 자백을 받아 아랑의 시신을 북 속에서 발견한다는 이 전설은 『정옥낭자전』에도 일부 언급되어 있는데, 옮겨보면 다음과 같다.

> 문루門樓 우에 큰북을 열어본즉 과연 그 안에 한 여인의 시신이 있는바, 얼굴이 어젯밤에 본 바와 같고 머리에 칼을 꽂고 몸과 얼굴이 마치 잠자는 것 같더라.

물론 의금부의 낭관인 억균은 이런 이야기에 코웃음을 쳤을 것이다. 북이라는 것은 동물의 가죽, 보통은 소가죽을 대단히 팽팽하게 조여 묶은 것이다. 그것을 열었다가 다시 조이는 일은 북장이가 아니면 쉽게 손대지 못한다. 끈을 풀지 않고 칼로 찢었다면 다시 조인다는 것은 아예 불가능에 가깝다. 게다가 사람의 왕래가 잦은 문루 위의 북에 시체를 넣는다면 곧 부패하여 냄새를 풍길 텐데, 바보가 아니라면 그렇게 할 리가 없었다. 그런 줄을 잘 알면서도 억균은 매혹이라도 당한 것처럼 거대한 북을 바라보고 있다.

북, 혹은 종에는 분명 사람을 끄는 신비하고 어두운 매력이 있다. 댕댕댕댕, 둥둥둥둥. 에밀레종에 얽힌 유명한 전설. 어린아이를 녹여 그 뼈의 인 성분을 취해 만들었다는 이야기. 물론 종로의 보신각 종에도 유사한 전설이 따라다닌다. 왜 하필이면 종이며 북인가. 현대의 연구결과처럼 범종이나 북의 주파수가 인간의 음성 주파수 대역과 비슷해서일까? 아니면 북소리나 종소리가 심장의 박동소리를 연상시키기 때문인가.

어쩌면 그 시절의 사람들은 종 혹은 북이 아주 단순한 음으로나마 말을 한다고 믿었을지도 모른다. 죽은 자는 사람의 언어로는 말할 수 없으므로 종이나 북, 그 단순한 음계의 타악기를 빌려 세상 사람들에게 자신의 메시지를 전달하려 했다, 고 그들은 생각했을지도 모른다. 그리하여 그 시절 사람들이 에밀레종소리를 예술지상주의자 아비에 의해 살해된 어린아이의 울음으로 받아들이고, 밀양의 북소리를 억울하게 죽은 한 처녀의 애원으로 들었다 해도 그렇게 무리한 생각은 아닌 것 같다.

어째서 북이나 종은 죽음과 그토록 밀접한 관계를 맺게 된 것일까. 구렁이의 위협에서 자신들을 구해준 나그네를 위해 거대한 범종에 머리를 부딪쳐 죽은 까치떼의 이야기는 교훈적이지만, 그러나 끔찍하다. 생각해보라. 잠에서 깨어난 나그네의 발치에 즐비하게 널린 머리 터진 새떼들의 시체, 그리고 범종을 타고 흘러 나그네의 옷을 붉게 물들였을 피와 뇌수.

죽음, 그리고 알림. 아랑과 북. 까치와 나그네. 죽음으로 알린다. 둥둥둥둥, 댕댕댕댕. 물론 그 시각, 문루의 큰북 앞에 서 있는 억균이 이런 데까지 생각했을 것 같지는 않다. 그는 그저 그 거대한 북 속에 아랑의 시체가 들어 있었다는 이야기 자체에 매료됐을 것이다. 자신의 주먹으로, 마치 금기라도 범하는 듯, 조심스럽게 북을 두들겨보면서 그 텅 빔과 울림에 자신도 모르게 가슴이 울렁거렸을 것이다. 그런 그가 동시대의 갑남을녀들처럼 이런 유의 상상에 빠져들었다고 해도 무리는 아니다. 무심히 들려오는 저 북소리. 혹시 저 큰북 속에는 머리에 칼이 꽂힌 처녀가 두 눈을 부릅뜨고 누군가 자신의 원한을 풀어주기만을 기다리고 있는 것은 아닐까? 그리고 그 누군가는 혹시 내가 아닐까?

그러나 아랑이 북 속에 유기되었다는 이야기는 대밭에 버려졌다는 설에 밀려 점차 사라진다. 즉 경쟁에서 밀려난 것이다. 그것은 아마도 북이 가지고 있는 태생적 매력에도 불구하고 위에서 우리가 살펴본 이유, 즉 북이라는 악기가 사체유기 장소로는 별로 설득력이 없다는 점이 크게 작용했을 것이다.

아랑이 고목에 거꾸로 처박혔다는 이야기는 또 어떤가. 『한국 민중의 문학』에 수록된 아랑 전설은 고목 유기설을 채택하고 있다. 신임 부사 앞에 홀연히 나타난 아랑의 모습과 언동은 이러하다.

> 그는 몸을 부들부들 떨면서도 대담하게 방문을 열어주었더니, 소복한 미녀가 목에 칼을 꽂은 채 방 안으로 들어와서 그의 앞에 공손히 절을 했다. 그는 여인의 태도에 겨우 마음을 놓고 무슨 원통한 일이 있느냐고 물었다. 여인의 호소는 이러했다.
>
> "저는 원래 이 고을의 수청하는 기생이었습니다. 이 고을의 모자가 자기네 요구를 들어주지 아니한다고 이렇게 저를 목 찔러 죽이고, 시체를 객사 뒤 고목 속에 거꾸로 집어넣었습니다. 저는 이 억울한 사정을 당시의 관장에게 호소하려고 했으나 저의 모습에 겁을 먹고 죽어버렸습니다. 그뒤 신관이 도임할 때마다 그들의 담력을 시험하기 위하여 아까 했던 대로 해보았더니, 그들은 모두 실신하여 죽어버렸습니다. 지금 당신의 담력을 보니 저의 원을 풀어줄 만하기에 이렇게 제 모습으로 나타나서 호소하는 것입니다. 통인놈은 저의 목에 칼을 찌른 후 제 목숨이 채 끊어지지도 않은 것을 고목 속에 처넣었으므로, 저는 지금 산 사람도 못 되고 죽은 사람도 되지 못하고 있습니다. 저를 죽인 통인은 지금도 이 고을에 통인으로 있으니, 그놈을 처참하고 저의 시체를 고목에서 끄집어낸 뒤에 제 목에서 칼을 뽑아내고 몸을 바로 하여 매장해주시면

원을 풀고 저승길을 떠날 수가 있겠습니다."

그는 곧 여인의 소원을 들어주겠노라고 약속했다. 여인은 백배 사례하고 물러나갔다.

부사는 그날 밤 잠을 한숨도 이루지 못하고 앉은 채로 밤을 보냈다. 아침에 날이 밝자 역졸들은 신관의 시체를 처리하고자 거적때기를 준비해가지고 청사 안으로 들어왔다. 방문을 열고 신관이 살아 있는 것을 보고 역졸들은 대경실색했다. 신관은 그날 곧 통인을 심문하여 다그쳐 물었더니 숨기지 못하고 사실대로 자백했다. 군수는 원혼의 말이 거짓이 아님을 알고 곧 객사 뒤 고목 속을 뒤졌더니 목에 칼이 꽂힌 채 거꾸로 처박힌 시체가 그 속에서 나왔다. 신관은 곧 시체의 목에서 칼을 뽑고 묘지를 구하여 그 시체를 매장해주고 통인은 참수형에 처했다. 그뒤로 그는 명관明官이라는 칭송을 받게 되었고, 그 고을 청사의 요괴도 없어지게 되었다고 한다.

어떤 판본을 취해 정리한 것인지 저자가 밝혀놓지 않아 확실히는 알 수 없으나 이 판본에는 몇몇 흥미로운 구석들이 있다. 이 판본 속에서 살인자는 통인 모자이고 피해자 아랑은 기생이다. 이때의 아랑은 완전히 죽은 것이 아니라 "산 사람도 못 되고 죽은 사람도 되지 못하"는 상태에 처해 있다. 그 아랑은 객사 뒤 고목에 거꾸로 처박혀 있었던 것이다. 객사는 동헌과 짝을 이루는 관아의 중요 건물로서 서울에서 파견된 관리, 예를 들어 어사 등이 묵으며 일을 보는 곳이며, 역대 왕의 위패를 모시고 제사를 지내는 곳이기도 하다. 동헌이 수령(지방)의 것이라면 객사는 왕(중앙)의 것인 셈이며, 중앙의 직접통치를 상징하는 공간이다. 그런데 범인은 왜 하필 경비도 삼엄하고 사람의 왕래도 적지 않았을 객사 뒤에 사체를 유기했는가. 아마도 그것은 저 이야기를 만들어낸 자의 궁여지책이었을 것이다. 신관들이 묵는 객사와 유기된 사체의 거리를 가깝게 잡다보니 고목의 위치를 객사 뒤로 잡게 되었을 것이다.

고목이라는 장소도 의미심장하다. 고목부터가 '죽은 것도 산 것도 아닌' 상태 아닌가. 어두운 밤 고목 앞에서 몸을 부르르 떨어본 기억이 있는 사람이면 고목이 갖는 어둡고 음산한 기운을 긍정하지 않을 수 없을 것이다.

그러나 고목 역시 대고와 마찬가지로 대밭 유기설에 밀려난다. 아랑의 사체를 등에 걸머진 이야기꾼들은, 그리고 독자들은, 고목이나 큰북 속에 던져넣지 않고 관아 뒷산의 대밭에 버리거나 혹은 묻었다.

왜 소나무밭도 아니고 밤나무골도 아닌 대나무밭이었단 말인가. '단지 거기에 대밭이 있었기 때문'은 분명 아닐 것이다. 대밭에 가본 이들은 알 것이다. 대나무들이 잎사귀를 부딪치며 낮은 목소리로 뭔가를 속삭이고 있다는 것을 말이다. 북이나 종처럼 큰 소리를 울려대지도 않고, 고목처럼 거대하지는 않으나, 대나무들은 바람이 불 때마다 끊임없이 말한다. 누설하는 자의 은밀함으로 대밭은 쉼 없이 웅성거리는 것이다. "임금님 귀는 당나귀 귀"라고 외친 곳이 대밭인 것도 단순히 우연의 일치는 아니다.

대밭에서는 뛰지 말라는 말이 있다. 낫으로 대나무를 쳐올려 잘라내고 나면 뿌리 쪽은 죽창처럼 날카로운 채로 남아 그 살기를 감춘 채 땅에 박혀 허공을 노리고 있다. 누군가 대밭에서 넘어지기라도 한다면 땅에 뿌리박은 자연의 죽창이 가슴을 관통하고야 말 것이다.

게다가 대나무들이 빽빽하게 들어찬 대밭에는 사람의 출입이 거의 없으니 이 또한 사체유기의 장소로 맞춤하다.

삼자대면

어사 조윤이 느지막이 일어나 거드름을 피우며 어슬렁어슬렁 관아로 나와 수령칠사首領七事를 평정하고 있을 무렵, 억균이 하품을 참으며 그 옆에 기립하고 있다. 수령칠사란 수령이 전념해야 할 일곱 가지 일을 말한다. 농사를 잘 돌보았는가, 호구를 증가시켰는가, 학교를 일으켰는가, 군정을 잘 다스렸는가, 부역을 공평하게 부과했는가, 송사를 줄였는가, 그리고 간활한 풍속을 줄였는가의 일곱 가지였다. 물론 조윤이 이런 업무를 성실히 수행하고 있는 것 같지는 않다. 적어도 우리가 보기에는 그렇게 보인다. CD가게에서 윈도쇼핑하듯 이것저것 손에 걸리는 대로 들춰보는 것 같다. 하기야, 조윤이 아닌 누구라도 부임한 지 얼마 되지도 않은 수령에 대해선 별로 할 말이 없을 것이다. 뭐 한 게 있어야 평가를 할 테니까.

특별히 미운털이 박힌 수령을 족치려는 목적이 아니라면 굳이 돌아오는 것도 없을 치죄에 열성을 다 바칠 이유가 없다. 단지 그도 억균과 마찬가지로 어떤 경로로든 아랑의 소문은 들었을 것이 거의 확실하고, 어쩌면 경상 감사의 장계까지도 훑어봤을 가능성이 있으니, 신임 부사 이상사에 대해선 일말의 호기심이 생겼을 법도 하다.

문제의 신임 부사 이상사는 조윤의 옆에 허리를 15도쯤 굽힌 자세로 서서 조윤의 형식적인 질문에 답하고 있다. 억균이 서 있는 곳에서도 그리 멀지 않았으므로 억균 역시 이상사를 가까운 거리에서 관찰할 수 있는 첫번째 기회다. 환영연에서 얼굴을 맞대기는 했으나 그때는 원체 거리가 멀었고, 또 기생들이 들어오고 나서는 어사와 종자들의 술자리가 갈렸기 때문에 그의 언행을 직접 접하기는 어려웠던 것이다.

이상사는 의외로 왜소한 편이었다. 이야기에 실려온 이상사의 모습은 키가 칠 척에 달하는 기골장대한 인물로 그려지기 일쑤였지만 실제로는 오 척 정도에 등이 약간 굽었으며 이미 머리에 희끗희끗 백발이 비치는 것으로 미루어 나이도 사십을 넘겼음이 거의 확실해 보인다.

가까운 거리에서 살펴보면 눈꼬리는 아래로 처지고 입가의 근육이 약간 경직되어 말할 때마다 불균형하게 실룩거린다. 어찌 보면 그런 풍모가 일말의 노회함을 암시하는 것 같기도 했지만 또 한편으론 별 볼일 없이 늙어버린 사대부 계급의 찌꺼기같이도 보인다.

그래, 저자가 어둔 밤 모든 촛불을 일시에 꺼뜨리고 출현한 아랑의 혼백에 정면으로 맞서, "너는 누구냐"고 일갈한 바로 그 담대한 이상사란 말인가? 그리고 아랑을 만난 그 다음날로 관아의 모든 관속들을 다 불러모아 범인을 색출해 엄벌에 처한 자란 말인가? 수령이 벌써 둘이나 급사한 인심 흉흉한 고을에 혈혈단신 부임하여 일시에 민심을 수습하고 아전과 백성 들을 장악한 그런 인물이란 말인가. 억균은 고개를 갸웃거린다. 그러기엔 그는 너무 왜소하고 나약해 보인다. 어사 앞에서 취하는 행동 하나하나도 억균이 그려온 이미지와는 부합하지 않았다.

그는 어사의 되지도 않을 훈계에 단 한마디도 반대의견을 제출하지 않았다. 그저 그때마다 고개를 숙여 어사의 권위를 높여주었을 뿐이었다. 마치 말 잘 듣는 모범생처럼 어사의 기분 하나하나를 미리 헤아려 살폈고 지방 수령으로서는 경험해본 적도 없는 조윤의 일장연설도 참을성 있게 경청했다. 한마디로 그는 다른 지방 관장들에 비해서 그리 나을 게 없는, 아니 오히려 격이 좀 떨어지는 편이었다. 하기야, 억균은 생각했다. 여기 부사로 오기 전까지는 이렇다 할 벼슬 한 번 못 한 작자 아닌가. 어쩌다 얻은 이런 변방의 관장 자리나마 얼마나 소중할 것인가. 그러나 그렇다 해도 임꺽정과 함께 전 조선 땅을 흔들어놓은 전설의 주인공답지 않은 것만은 사실이다.

그러나 그런 그도 어사가 아랑의 사건을 입에 올리자 다른 풍모를 보여준다.

"그놈이 죽었다고 했던가?"

"관노 안국이 말씀이십니까?"

"그러게 그놈."

"예, 영감. 죽었습니다."

고개를 더 깊이 숙이는 바람에 이상사의 표정은 잘 드러나지 않는다.

"앞으로는 치죄를 하되, 성정을 좀 누르도록 하게. 그거, 그거 좋지 않아."

조윤은 혼잣말처럼 중얼거렸다.

"예."

"뭐 죽일 놈이야 죽일 놈이지만."

어사가 코를 킁킁거리며 손사래를 쳤다.

"허, 한여름에 웬 놈의 먼지가…… 헌데 자복은 받았소?"

"자복을 받았기에 시체나마 찾았던 것이지요."

"자복까지 한 놈을 왜 죽였소?"

웬 까마귀 한 마리가 지나가냐는 투의 말이었지만 그 순간 어사 조윤의 눈은 재빨리 고개 숙인 이상사의 얼굴을 훑고 있다. 물론 억균도 상급자의 기색을 놓치지 않았다. 어사가 영 맹탕은 아니로군. 한양에서 영감 소리 들으며 산다는 게 쉬운 일은 아니지. 타인의 약점은 놓치는 법이 없다.

"자복을 받은 후 옥에 가두어놓았더니 밤새 앓았는지 아니면 장독이 퍼졌는지 그만 죽어버렸습니다. 차후로는 이런 일이 없도록 하겠습니다."

"그렇지. 그래야지. 하기야 관장 노릇 처음이고, 그럼 뭐 모든 게 서툴게 마련이지. 그런데 저놈의 개새끼는 뉘 집 갠데 저리 왔다갔다하누?"

억균이 어사의 시선을 따라 고개를 돌리자 어디서 들어왔는지 털

이 숭숭 빠진 누렁개 한 마리가 근엄한 관아 마당을 비실비실 한가롭게 노닐고 있었다. 그때까지 눈치만 보며 한 귀퉁이를 지키고 섰던 나졸 몇이 수령의 눈짓이 떨어지자 창을 들고 개를 쫓았으나 개는 엉뚱하게 관아 대청마루 밑으로 기어들어가버렸다. 어사 코앞에서 장창을 휘두를 수도 없고, 또 그럴수록 누렁개는 더 깊이 숨어버릴 것이어서 이러지도 저러지도 못하고 있는 나졸들을 보며 어사는 혀를 끌끌 찼다. 그러더니 앞에 놓여 있는 선생안先生案들을 한구석으로 치우며 자리에서 일어선다.

"오늘은 이만하세."

"부족한 이 몸 때문에 노고가 많으셨습니다. 그만 쉬시지요."

"쉬는 것도 지겹고."

어사가 먼산바라기를 하며 딴청을 피운다.

"조금만 나가시면 풍치 수려한 누각이 하나 있는데 그쪽으로 모실까요?"

"글쎄, 그것도 괜찮을 것 같기도 하고. 킁."

수령의 말이 떨어지기도 전에 의중을 헤아린 책방과 아전 들이 행차를 준비하기 시작한다. 가마꾼을 불러오고 통인 몇은 이미 목적지인 누각을 향해 냅다 뛴다. 아마 담 두 장 건너에 자리잡은 관기방도 분주하게 돌아가고 있을 것이다. 납 성분이 많아 십 년만 바르면 푸르뎅뎅한 화장독이 오르기 시작하는 그런 분이나마 얼굴에 덕지덕지 바르고, 새로이 머리도 틀어 쪽을 찌고, 고이 다려 장롱 속에 넣어놓은 옷 꺼내 입으면서 갑작스런 소풍에 대해서 조잘조잘 떠들어댔을 것이다. 이런 행차라면 관기들도 굳이 싫어할 턱이 없다. 어차피 하는 접대, 물 좋고 시원한 곳에서 하면 기분도 한결 낫다.

그렇게 예정에 없던 소풍을 가게 되었다. 어사는 커다란 합죽선을 꺼내 부치며 휘장을 모두 걷어올린 가마에 올라탔다. 여덟 명의 가마꾼이 가마끈을 어깨에 걸고는 힘차게 관아를 빠져나갔다. 물론 억균에게는 오란 말도 없었지만 억균 역시 거기까지 따라갈 생각은 없었으니 잘됐다 싶었을 것이다. 가봐야 어사 비위나 맞추며 맛없는 술을 들이켜야 할 처지였다. 어차피 그렇게 어사한테 잘 보인다고 출셋길이 보장되는 것도 아니지 않은가. 그러느니 차라리 슬슬 저잣거리나 떠돌며 이곳저곳 들여다보는 게 그의 체질에도 맞았다. 사실 그 시절엔 여행이라는 것이 워낙 힘들어서 이런 기회가 아니라면 지방마다 다른 습속을 경험하기 어려웠다. 이번 일도 말이야 어사 수행이지만 실은 유람에 가까웠다. 곳곳의 지방관들이 가는 곳마다 환대를 베풀어주니 이동중의 피로만 감수한다면 힘들 게 없었다.

억균은 아침에 지나온 관아 정면의 문루 쪽으로 걸어나간다. 아침나절의 그가 주먹으로 둥둥둥 두드려댔던 북은 아무 일도 없었던 것처럼 태연하게 그 자리에 달려 있다. 그는 물끄러미 그 북을 바라보다가 관아 밖으로 나선다. 그 순간에 중갓을 쓰고 도포를 입은 늙은 아전 하나가 그를 지나치다가 고개를 깊이 숙여 인사를 해온다. 무심히 그 아전의 인사에 답례를 하고는 큰기침을 한 번 내뱉은 후 발길을 돌린다. 그는 그 아전을 유심히 살펴보지 않았으나 아전은 그의 뒷모습을 흘낏 돌아보았다.

수산제와 국둔전

저기 억균이 홀가분한 발걸음으로 읍내를 벗어나고 있는 것이 보인다. 참외밭을 만나자 마침 그 곁을 지나가는 농부를 한 명 불러세운다.

"시원한 참외 하나 없는가?"

농부는 개울물에 담가놓은 참외 한 소쿠리를 갖고 돌아왔다. 그는 그중에서 실한 놈을 하나 골라 베어 물고는 나머지는 농부에게 돌려주었다. 물론 그가 돈을 치르지 않은 것은 사실이나 이런 사실만으로 억균을 부도덕한 관리라고 매도할 수는 없다. 그 시대의 양반인 그로서 그 정도의 행위는 마치 지금의 우리가 카페에서 무가지를 집어들고 집에 오는 것과 비슷했다. 게다가 그 시절은 상업도 냉장기술도 발달하지 않았을 때였으니 땅에 열린 과일이란 어차피 못 먹으면 버려야 할 판이었다. 갖다 팔 수도 없고 또 팔고 싶어도 신선하게 보관할 도리가 없었다. 그러니, 농부로서도 그다 억울한 일은 아니었을 것이다. 단지 더운 여름에 개울까지 왔다갔다해야 하는 일이 좀 짜증스러웠을지는 모르겠다. 또, 그 시대의 사람들이 TV 사극에 나오는 것처럼 전대에 엽전이라도 넣어가지고 다닌 것도 아니다. 화폐는 일반인들의 삶과 거의 관련이 없었다고 봐야 한다. 그 시대의 대부분의 거래는 물물교환이었다. 심지어 왕조차도 팔도를 시찰하러 떠나는 어사에게 여비 대신에 포목을 안겨주는 시대였다. 그러니 우리의 김억균이 참외 하나 먹고 천을 잘라줄 수는 없는 노릇 아닌가.

숙종 때 황해도 지방에 나가 민정을 살핀 암행어사의 일기가 있는데 이름하여 『해서암행일기』다. 1696년 3월 7일부터 같은 해 5월 12일까지 65일간의 행적이 담겨 있다. 떠나기 전의 박만정은 임금으로부터 갈약(구급약) 다섯 종류를 받고 호조로부터는 목면 네 필, 쌀과 콩 닷 말씩, 암치(배를 갈라 말린 민어 암놈), 굴비 세 두름을 받았다 한다. 이것이 암행어사에게 관례적으로 지급되는 물품이라고 하는데, 예상 밖으로 조촐할 뿐 아니라 화폐는 아예 포함되어 있지 않다.

어쨌든 참외 하나를 베어 물고 원두막에 앉은 억균은 멀리 물러앉은 농부와 이런저런 이야기를 나누며 망중한을 즐겼다. 농사일은 힘들지 않은가, 자식들은 잘 크는가, 도적들은 없는가 따위. 농부는 처음에는 모든 게 다 좋고, 그게 다 신임 사또와 나라님 은덕이라는 접대용 멘트로 일관하다가 이야기가 진행되어가면서 슬슬 이런저런 불만을 토로하기 시작한다.

"여기야 지력이 좋으니 산출도 넉넉한 편이고 도적떼도 없습니다만, 단지 이런저런 부역이 좀 과합니다요."

"여긴 성 쌓을 일도 없고 외적도 없는데, 무슨 부역이 그리 많단 말인가?"

농부는 억균이 정말 몰라서 묻는가를 가늠하는 눈빛으로 곁눈질을 하다가 대답했다.

"수산제가 있지 않습니까요. 그 물 받아 저희 논에 물 대는 것도 아닌데……"

농부가 말끝을 흐렸다. 수산제라면 예로부터 유명한 밀양의 제방이다.

"그 일대가 모두 국둔전입니다."

농부가 조심스레 덧붙였다. 국둔전國屯田. 그것은 왕실의 땅이다.

"그런데?"

"비만 오면 덜컥 겁부터 납니다요."

그쯤에서 짐작이 갔다. 억균도 더는 묻지 않았다.

"늘 그런 건 아닙니다. 뭐 몇 해 걸러 한 번 그러는 건데, 백성이니 그 정도는 하는 것도 당연합니다만."

농부는 억균의 눈치를 살피며 슬쩍 발을 뺐다. 그러고는 해 지기 전에 살펴야 할 밭일이 있다면서 물러간다. 억균도 먹다 남은 참외 꼭지를 원두막 밖으로 휙 던져버리고 읍내로 돌아간다.

의관 김령

『정옥낭자전』에 등장하는 인물 중에 김령이라는 의관이 있다. 그러나 임금이 어사에게 의관까지 붙여주었다는 기록은 본 기억이 없다. 그렇다면 이 김령이라는 의관은 어떤 서사적 필요에 의해서 투입된 가상의 인물일 가능성이 크다(소설 속의 인물치고 가상의 인물 아닌 사람이 어디 있겠는가마는).

그렇다면 그는 어디에 소용되는 인물인가. 합리적인 수사를 통해 증거를 찾아내고 그것을 통해 결론을 도출하는 근대적 의미의 탐정인 억균에게는 시체를 부검하거나 최소한 부검관계 서류를 검증할 사람이 필요했고, 그런 역할을 맡을 사람으로는 의관이 적당했을 것이다.

그 김령이 지금 불콰하게 취한 채 가마에서 내리는 어사를 수행하고 있다. 이상사는 말을 타고 왔는지 먼저 도착해 있다. 연락을 받고 뛰어나온 억균은 머리를 조아려 조윤을 맞는다. 조윤은 기생의 부축을 받으며 방으로 들어가고 남은 이상사와 관속들도 각자 자신의 처소로 흩어진다. 억균도 관아를 나와 숙소로 발길을 옮긴다. 사위는 어느새 캄캄해져버려 달빛이나마 없었다면 길도 제대로 찾지 못할 정도다.

사실 그 시절엔 사람들이 지금보다 훨씬 빨리 잠자리에 들었다. 어둠이 내리기 전에 서둘러 저녁을 먹었다. 텔레비전은 물론이거니와 이렇다 할 아무런 오락도 없는 시대였으니 일단 밤이 되면 특별한 일이 없는 한 깨어 있는 사람이 거의 없었다.

억균은 그런 시대의 캄캄한 길을 걸어 객관까지 걸어간다. 객관이라 해봐야 평소에는 여염집 사랑방이다가 관아에 중요한 손님들이 오면 비워주는 곳에 지나지 않았다.

"같이 가시지요."

갑자기 들려오는 기척에 뒤를 돌아보니 의관 김령이었다. 그는 억균이 묵고 있는 객관의 바로 앞집에 유숙하는 터였다.

"오늘 어땠소?"

억균이 낮의 소풍에 대해 물었다.

"뭐 그렇지요. 잘 아시잖습니까?"

김령은 피곤하고 짜증스러운 기색이었다. 땡볕에 어사와 함께 다녀온 소풍이 즐거울 턱이 없었다. 그는 벌써 오 대째 내의관을 내고 있는 집안의 자손이었다. 삼대조는 궁내에서 장약관掌藥官 자리에까지 올랐다고 했다. 김령도 대를 이어 의관을 배출하는 집안의 자손답게 임상에 밝아 나름대로는 꽤 의명을 날리고 있는 모양이었다. 서얼인 억균은 양반보다는 중인 쪽에 친구들이 많았기에 김령과도

스스럼없이 지낼 수 있었다. 김령은 김령대로 양반티 내지 않는 소박한 억균을 좋아했다.

"그럼 안녕히 주무십시오."

객관 앞에 다다르자 김령이 억균에게 인사를 건넸다. 억균도 잘 자라는 인사를 전하고 객관으로 들어섰다.

관아

『정옥낭자전』의 끝에 첨부된 관아의 약도를 보면 아랑과 김억균이 움직였을 동선이 짐작된다. 관아의 중심은 동헌과 객사다. 객사는 앞에서도 말했듯이 왕의 사신이 묵는 곳이지만 역대 왕의 위패도 보관하고 있다. 동헌과는 비슷한 위치에 남쪽을 바라보며 앉아 있다. 서울에 종묘가 있듯 각 고을에는 객사가 있다. 수령들은 이곳에서 제사를 지내고 궁궐이 있는 한양을 향해 배례함으로써 자신이 왕의 신하임을, 그리고 자신이 지배하고 있는 이 고을이 왕의 것임을 백성들에게 알린다.

지금은 여기 어사 조윤이 묵고 있다. 객사는 어사가 뜨면 임시 집무실이 된다. 그곳에서 수령의 실정을 살피고 조세와 구휼에 관한 서류들을 검토한다. 그러나 지금은 깊은 밤, 조윤은 잠들어 있다.

이 객사와 같은 높이에 동헌이 있다. 동헌은 수령의 집무실이다. 밀양 부사 이상사도 이곳 마당에서 관노 안국을 족쳤을 것이다. 부임하던 첫날, 여기서 아랑의 혼백과 마주쳤을 테고 그 밖의 자잘한

송사며 잡무를 처리했을 것이다. 동헌 뒤로 깊숙이 들어가면 내아가 보인다. 내아는 수령의 사적인 공간이다. 물론 아랑도 여기 살았을 것이다. 여기서 길쌈도 하고 수도 놓고 하늘도 보았겠지. 바람이 대숲을 흔들어놓는 소리도 들었을 것이다. 아, 나는 어떤 이의 아내가 되어 살아갈까. 가끔은 그다지 넓지 않은 마당을 거닐다, 저 석양 너머엔 뭐가 있을까, 저 구름떼는 어디로 가는 걸까, 하는 생각도 하고, 중국에 있다는 계림은, 저 북쪽에 있다는 금강산은 얼마나 아름다울까, 같은 상념에도 빠져들었을 테지.

열 칸짜리 기와집인 내아 옆에는 배 모양을 본뜬 정자가 붙어 있다. 그곳에서 수령들은 손님을 맞아 주연을 벌이곤 했다. 아랑의 아비인 윤관도 그곳에서 주연을 열고 손님을 맞았을 터이다. 물론 아랑도 낮에는 가끔 그 정자에 나가 연못에 떠 있는 연꽃들을 완상하곤 했을 것이다.

내삼문을 지나 동헌을 나서면 아전들의 집무처인 질청이 있다. 역시 열 칸쯤 되는 기와집인데 마구간과 주방도 딸려 있다. 대부분의 업무는 동헌까지 가지 않고 여기서 이뤄졌다. 아전들은 이곳에서 세금을 내지 않은 자들을 불러들여 장을 치기도 하고 수령에게 보고할 서류들을 작성하기도 했다. 아전들을 교육하거나 규율을 세우는 곳도 이곳이었다. 곁에는 실질적인 업무를 처리하는 육방, 그리고 재화를 보관하는 창고가 보인다. 지금은 어사가 와 있는 터라 입구가 봉인되어 닫혀 있다.

그곳에서 조금 떨어진 곳에는 수령의 통치를 돕는 양반들의 기구,

향청이 자리잡고 있다. 수령에게 고을의 사정을 알리고 조언을 한다는 것이 명목상의 존재 근거였다. 그러나 실제로는 각 고을의 징세율을 결정하거나 양반에게 도전하는 버릇없는 상민과 노비 들을 잡아다 족치거나 집단적으로 자기 계급의 이해를 관철하는 곳으로 쓰였다.

이제 이중다락의 팔작지붕으로 만들어진 외삼문을 지나면 오른쪽으로 형옥이 보인다. 안국을 비롯한 죄수들이 이곳에 갇혀 있었을 것이다. 옥은 둥그런 원옥의 형태를 띠고 있다. 옥 앞에는 죄수들의 밥을 지어주는 밥집과 옥졸들의 처소가 자리잡고 있다. 슬쩍 들여다보기만 해도 구토가 나올 만큼 옥 내부는 지저분하다. 썩은 짚과 나무판자가 깔려 있는 바닥 위엔 불결하기 짝이 없는 죄수들이 살을 맞대고 누워 있다. 이들은 그곳에서 이나 벼룩 같은 물것들과 동거하며 나갈 날만을, 혹은 죽을 날만을 기다리는 것이다. 옥의 끄트머리엔 시체방이 있다. 다 죽어가는 죄수를 던져놓았다가 죽으면 꺼낼 양으로 만든 방이다. 지금은 다행히 그 방에 아무도 없다.

안국도 모진 매를 맞고는 저 방에 던져졌을 것이다. 살점이 다 떨어져나가 뼈가 앙상하게 드러난 엉덩이로 차마 눕지도 앉지도 못한 채 뒹굴다가 생을 마감했을 살인용의자 안국. 그는 아마도 새벽에 발견되어 저 시체방 옆에서 태워졌을 것이다. 시체방의 외벽엔 아직 검게 그을린 자국이 그대로 남아 있다.

마지막으로 관아의 경계를 삼는 홍살문이 보인다. 이곳이 왕의 위패를 모신 신성한 공간임을 알리는 문. 여기까지가 관아다. 낮이었다면 이 앞에 갖가지 일로 관아를 찾은 사람들이 비바람을 무릅쓰고 장사진을 치고 있었을 테지만 지금은 밤이라서 고요하기만 하다. 문을 지키는 문졸들만이 꾸벅꾸벅 졸고 있을 뿐이다.

관아를 나와 조금 더 걸으면 억균이 묵고 있는 집이 보인다. 어디선가 개 짖는 소리, 닭 우는 소리가 들려온다. 멀리 동도 부옇게 터온다. 저 높은 하늘부터 천천히 밝아지면서 아침이 오는 것이다. 그때 드르륵 방문이 열리며 억균이 부스스한 얼굴을 내민다.

"여봐라."

어느새 냉큼 종 하나가 내닫는다.

"물 좀 가져오너라."

억균의 말이 이어진다. 물을 대령하는 사이 억균은 하늘을 바라보았다. 구름 한 점 없이 맑았다. 오늘도 덥겠구나. 억균은 가져온 사발에 든 물을 벌컥벌컥 들이마셨다.

곧 여느 날처럼 아침이 들어오고 착착착 하루일과가 진행된다. 행장을 차려입은 억균이 객관을 나설 때가 여덟시쯤. 오늘은 어제보다 조금 이른 편이다.

증거 수집

억균은 홍살문을 지나 성큼성큼 외삼문까지 내달은 후, 문졸 하나를 잡아채 둔전창의 위치를 묻는다.

"거긴 어인 일로 가려 하시옵니까?"

문졸은 눈을 희번득거리며 억균의 기색을 살핀다.

"이놈이, 가자면 가지 웬 말이 이리 많으냐?"

"거긴 호장 나리 허락이 없으면 아무도 못 들어갑니다."

"그깟 아전이 무어이 대수냐. 어서 앞장서거라."

문졸은 쭈뼛거리며 앞장을 선다. 곧 창고가 나타난다. 관노의 말대로 지키는 자는 없었고 큰 빗장만 질러져 그 위에 한지로 봉인이 되어 있다.

"그만 가보겠습니다."

"그래라."

그는 세심히 창고 여기저기를 살펴본다. 창고 앞에는 창빗(창고지기)의 거처인 초가움막이 있고 그 안에는 사람이 기거한 흔적이 있었다.

"부위 나리께서 이런 누추한 곳까지 어인 일이시온지?"

"호장 아니오? 호장이야말로 여기 웬일이오?"

"소인이야 둔전창을 거두는 일이 맡은 바 소임입지요."

호장은 아전 중의 으뜸이다. 고을의 살림살이를 책임지고 있다. 조선 후기에 이르면 수리首吏라 하여 이방의 권한과 지위가 아전 중의 최고가 되지만 조선 중기인 명종조만 해도 여전히 호장이 가장 윗길이었다. 간혹 수령이 없는 마을에선 수령의 직무를 대신하기도 하였을 정도이니 그 위세를 짐작할 만하다. 수령이 있다 해도 사서삼경과 시서만 읽던 그들이 행정실무를 알 턱이 없었고 대부분 알고 싶어하지도 않았다. 그러니 고을의 대소사는 대부분 호장을 비롯한 아전들의 몫이었다. 때문에 수령들도 이 호장을 무시할 수 없었다. 뿐만 아니라 호장은 질청을 통해 고을 내 향리 모두의 권익을 대변하며 그들 사이의 질서와 위계를 잡는 역할도 한다. 아전직은 제한되어 있고 되고자 하는 자는 많았으므로 그들 사이의 알력을 조율하는 역할은 어느 고을에서나 반드시 필요했다.

또한 호장은 관아에서 부리는 모든 관노비의 아비에 견주어졌다. 관노비는 호장 앞에서 직배直拜하지 못하였으며, 길에서 마주치면 길가로 얼른 비켜섰다고 한다. 호장은 기생을 수령이나 사신에게 제공하였으며, 수청은 호장의 지시나 묵인 속에서 이루어졌다. 고려 이래 호장들은 관비를 첩으로 삼아 거기서 낳은 자식들을 관노비로 충당하는 예가 있었으며, 군현에 따라서는 관노비가 아전 가문의 사노비에서 비롯되었으므로 관노비와 기생이 줄곧 호장의 관리 아래 있었던 것이다. 지금 억균 앞에서 고개를 조아리고 있는 인물도 그런 호장들 중의 하나였다.

호장의 성은 최가였다. 그것밖에는 지금으로서는 알 수가 없다. 얼굴에 피어난 검버섯과 주름살은 그가 나이 오십은 족히 넘겼음을 보여주고 있었다. 비록 한갓 아전에 지나지 않았지만 그에게는 녹록지 않은 위엄이 있었다. 그것이 호장이라는 그의 직분에서 비롯되었는지 아니면 타고난 인품에서 풍겨나는 것인지는 분명치 않았다.

그는 호장의 얼굴을 정면으로 바라볼 수 없었다. 호장의 눈에는 초점이 없었다. 두 눈동자가 서로 다른 방향을 보고 있었다. 왼쪽 눈은 하늘로 향해 있었고 오른쪽 눈은 어디를 보는지 종잡을 수도 없었다. 그나마 왼쪽 눈은 허옇게 백태가 끼어 있었다. 억균이 자신도 모르게 호장의 그 기이한 풍모에 잠시나마 위축된 것도 이상한 일은 아니었다. 애초 오리정으로 영접을 나왔을 때나 어사의 질문에 답할 때 호장은 항상 고개를 수그리고 있었기 때문에 이전에는 발견할 수 없었던 점이기도 했다.

"볼 건 얼추 다 봤으니 호장도 볼일을 보게."

대충 갈음을 하고 객사 쪽으로 걸어가던 억균이 다시 돌아섰다.

"이보게, 호장."

"예이."

호장이 의례적으로 허리를 가볍게 굽실거렸다.

"안국이라는 관노놈이 자네 수하에 있었다던데."

"그랬습니다요."

"어떤 놈이었나?"

"평소 제 분수를 모르고 날뛰던 놈이었습니다요. 그러니 그런 흉사를 저지르지 않았겠습니까요."

호장의 눈이 희번득거리며 빛났다.

"이런 커다란 둔전창이 있는 걸 보니 밀양부엔 아마도 너른 국둔전이 있는 모양인데, 그러한가?"

"그렇습니다요, 부위 어른도 아실 겝니다요. 그 이름난 수산제가 밀양부에 있지 않습니까요? 그 일대가 화곡이 많이 나기로 유명한 곡창입죠. 그곳의 곡식들이 이곳으로 들어옵지요."

호장의 말대로 수산제는 고려조 이래로 유명한 저수지였다. 조정은 수산제 일대를 국둔전으로 지정하여 그곳에서 나오는 곡식들로 왕실의 재정과 군량미를 충당했다. 이 군량미들은 남해안 일대에서 왜구를 막는 군사들의 주식이었고, 따라서 그 전략적 중요성이 컸다.

"한 해에 얼마나 거두는가?"

"많으면 오천 석에 이르고 수해라도 입거나 하는 해엔 그 수에 못 미치는 줄 아옵니다요."

"오천 석, 오천 석이라."

억균은 관아로 발길을 돌렸다.

단서

억균은 형방을 찾았다. 형방이 곧 불려왔다.

"나리, 찾으셨습니까?"

"형방, 전임 부사 윤관의 딸 정옥의 건으로 내 몇 가지 물을 말이 있어서 불렀네."

형방은 별로 놀라는 기색이 아니었다.

"아랑 아씨 말씀이시옵니까요? 소인, 아는 대로 말씀올리겠사옵니다요."

"그때 그 사건을 기록한 문서가 있을 텐데 우선 그것이 필요하네. 그리고 가져오는 김에 전임 부사들의 변사사건에 관한 문서도 가져오게."

형방은 자기 뒤에 서 있던 종에게 눈짓으로 지시를 내렸다.

"그리고 말일세."

"예이."

"윤정옥의 시신을 어디에서 찾아냈는가?"

"관아 뒷산의 대밭에서 찾아냈습니다요."

"거두어서 어디에다 묻었는가?"

"여기서 오 리쯤 떨어진 곳에 용봉산이라고 있사온데, 그곳 양지바른 곳에 묻었사옵니다."

"지금 가면 찾을 수 있겠나?"

"아마 찾기가 좀……"

"그것은 왜 그런가?"

"처녀로 죽은지라 봉분도 하지 않았을 뿐 아니라 작은 비조차 세우지 않았습니다요."

"그럼 급사한 두 분의 전임 수령들께서는 어디에 묻히셨는가?"

"일족들이 거두어갔으니 저희로서는 아는 바가 없사옵니다."

"그럼 그 세 사람의 시신은 하나도 찾을 수 없다?"

"봐서 무엇하시렵니까요? 이미 돌아가신 지 오래인지라 형체 또한 온전하지 못할 터인데."

냉큼냉큼 대답은 잘했지만 듣고 보면 별로 건질 게 없는 말들이었다. 뭐 하나 분명하게 말하는 법이 없는 자, 그들이 아전이었다. 그건 오랜 세월 누대에 걸쳐 구실살이를 하며 터득한 그들만의 생존전략인지도 몰랐다.

"정옥에게 유모가 있었다던데? 혹시 아는가?"

"어렸을 적에야 있었겠습지요. 하나 전임 부사께서 이곳으로 부임하실 때는 아씨도 이미 장성하여 유모는 필요치 않았습니다요. 침모나 종년 들이야 있었습니다요."

"전임 부사께서 첩실은 두지 않으셨는가?"

"아닙니다요. 어질기가 하늘 같으셔서 자나깨나 백성들 살림만 살피시다 가셨는걸요. 계집 쪽으로는 눈도 안 돌리셨습니다요. 관기들의 수청도 마다하신 일이 많았습니다요."

"송덕비라도 세워야겠구만."

억균이 비아냥거렸다.

"알았네. 가보게. 그리고 그 문서들은 내가 기거하는 사랑채로 가져다주게."

"알겠습니다요."

형방이 가고 난 후 문서들이 도착했다. 그는 찬찬히 한 장 한 장 넘겨가며 사건의 전후를 살피기 시작했다. 깔끔하게 정서된 글씨를 보면 이 고을 아전들이 행정실무에는 능한 자들임을 쉽게 알 수 있었다. 그러고는 사람을 시켜 의관 김령을 불러오라 하였다.

"여기 이것들을 좀 살펴봐주게."

억균은 형방이 건네준 문서들의 일부를 김령에게도 건네주었다. 정연한 서체만큼이나 내용도 간결하고 명료했다. 공식적인 기록인지라 아랑의 전설 따위는 기재되어 있지 않았다. 안국이라는 관노가 수령의 여식 아랑을 겁간하려다 실패하여 살해했다는 개요가 나오고, 안국을 추국한 과정, 그 결과 안국이 자복한 죄상, 안국의 옥사보고가 그뒤를 이었다.

"뭐가 좀 잡히는가?"

"글쎄올습니다. 제가 보기엔 별로……"

"너무 정연하다고 생각하지 않나? 이런 일은 밀양 같은 고을에선 기십 년에 한 번 날까 말까 한 일이지 않은가? 당황했을 것이 명약관화한 일. 게다가 이 일을 맡은 자는 부임한 지 얼마 되지도 않은 신임 부사, 수령직이라고는 맡아본 적이 없는 자라 하지 않았나. 그런 자가 마치 사초라도 쓰듯 말끔하게 정서해놓았네. 일의 선후도 분명하고 한 치의 흐트러짐이 없는 문체일세. 이상하지 않은가?"

"일개 의관인 제가 약 이름이나 알지 이런 문자를 뭘 알겠습니까?"

말은 그렇게 했지만 김령도 이전과는 달리 문서 쪽으로 다가들기 시작했다.

"이보게, 뭐 짚이는 구석이 없나? 이게 모두 거짓이라고 한번 생각해보게나. 만약 그렇다면 뭐부터 봐야 하겠나?"

김령은 머리를 긁적이더니 조심스럽게 대답했다.

"제 집안이 예로부터 왕가와 조정의 일에 관여해온 터라 좀 들은 바가 있습니다. 소인도 종종 의금부나 포도청에 불려가 시신을 보아 왔습죠. 해서 말씀이온데, 이 일도 시신을 살펴보는 일에서 시작해야 옳을 듯합니다."

"그럴 것이야. 그렇지만 시신은 부패한 지 오래고, 그렇다면."

두 사람은 검시보고를 살폈다. 세종조 이래로 조정에서는 『무원록無冤錄』이라는 일종의 법의학 서적을 배포하고 이에 따라 검시를 하도록 지침을 내린 바 있다. 이에 따라 사망사건의 경우 반드시 검시의견서를 첨부하도록 했다. 검시는 초검과 복검 두 차례에 걸쳐 실시되는데, 초검은 사건 발생지 지방관이, 복검은 인근 지역 지방관, 보통은 관찰사가 행하며, 복검자는 사전에 초검 자료를 일체 열람할 수 없도록 되어 있었다. 초검과 복검의 결과가 다를 경우에는 중앙 형조의 낭관 입회하에 삼검을 실시하도록 했다. 특히 감옥에서 사망한 죄수, 유배지에서 죽은 죄인, 사망한 공노비 등은 반드시 부검을 하도록 했다. 안국은 감옥에서 사망했을 뿐 아니라 국가 재산인 공노비였다.

그러니 밀양부에서는 아랑과 안국, 그리고 급서한 두 명의 수령들에 대해 부검을 실시했어야 했다. 두 사람은 그것을 찾아보았다. 찾기는 쉬웠으나 펼쳐보니 그 내용이 너무도 간단하고 옹색하였다.

"이것 보게."

김억균이 펼쳐놓은 것은 전임 부사 윤관 이후에 부임한 정여균에 대한 검시보고였다.

"괴이하지 않은가?"

김억균이 가리키는 곳을 김령은 열심히 들여다보았지만 알 수 없다는 표정이었다.

"잘 보게. 초검과 복검의 문체가 하나도 틀림이 없다네."

"그렇군요."

"자네도 알다시피, 복검에 임하는 자는 초검자료를 일체 보아서는 아니 되지 않은가? 혹시 있을지 모를 의혹을 없애기 위함이지. 헌데 이걸 보게. 문구 하나도 틀리질 않아. 간혹 줄여 쓴 게 있을 뿐이야. 이게 뭘 말하는 겐가. 복검한 경상 감영의 낭관은 시체를 보지 않왔다는 게야. 밀양까지 오기는 왔겠지. 하지만 그가 와서 본 건 시체가 아니라 초검자료였네. 그걸 보고 그대로 베낀 게야."

김령이 살펴보니 정말로 초검과 복검의 기록은 낱낱의 글귀 하나하나가 모두 일치하였다.

"허나, 나리. 그런 일이야 흔하디흔한 일이지요. 조정에서야 그리 하라 했겠지만 이런 변방의 고을에서 누가 법령의 자구 하나하나를 다 따지겠습니까?"

때가 때인 만큼 그 말도 일리가 있었다. 도적떼가 창궐하고 외척의 득세로 어린 군왕의 권위는 땅에 떨어져 있었다. 어쨌든 확실한 것은 검시가 한 번밖에 이루어지지 않았다는 것이었다. 그나마도 수령이 죽고 없으니 아전들의 손에 의해서였을 것이다.

"필시 입회한 의관이나 의원이 있었을 게야."

김억균의 말은 옳았다. 곧 한 사람의 이름이 드러났다. 조영균이라는 의원이었다. 그자의 이름은 아랑과 안국, 그리고 두 부사의 검시보고에 모두 올라 있었다.

장애물

이쯤에서 우리는 어떤 장르적 관습을 생각하게 된다. 한 명의 탐정, 혹은 수사관이 있다. 그는 어떤 계기로 흥미로운 사건에 휘말려 든다. 그의 존재가 미미할 때 그는 자유롭게 여기저기를 돌아다니며 탐문과 증거수집을 한다. 그러다 그의 수사가 어느 정도 진행이 되면 장애물이 등장하는 것이다. 탐정은 그 장애물을 극복하고 최종적으로 진실을 밝혀낸다. 이 공식의 힘은 대단히 강력하여 대중은 현실의 사건도 이 장르적 관습에 기대어 판단한다. 예를 들어 검찰이 어떤 사건, 이왕이면 대중의 관심이 집중되는 정치적 사건이나 권력형 비리, 혹은 권력 주변의 살인사건 등을 수사한다고 치자. 검찰에 대단히 노련하고 지혜로운 검사가 있어 몇 가지 증거와 몇 차례의 심문만으로 사건의 실체를 다 밝혀내어 범인을 기소하였다.

그런데 그가 밝혀낸 사건의 전모는 대중의 추정과는 달리 권력형 비리와는 아무런 관계가 없는 사소한 해프닝이었다. 그것이 언론을 통해 공표되었을 때, 대중은 그것을 믿지 않으려 한다. 왜? 수사과정에서 별다른 장애물이 없었다는 것을 납득하기 어렵기 때문이다.

음모론이라는 서사는 이런 토양에서 자라난다. 현실은 어떤 면에서 이야기보다 훨씬 단순하다. 현실 속의 범인들은 너무도 쉽게 범행을 자백하고 머리 따위는 전혀 쓰지 않는다. 범행의 전모는 단 몇 시간의 심문으로도 다 드러난다. 영화 〈스팅〉이나 〈원초적 본능〉에서나 볼 수 있는 지능적 범죄자들은 실제로는 평생 한 번도 만나기 어렵다.

우리의 김억균 앞에도 몇 갈래의 길이 놓여 있다. 장르적 관습에 따라 장애물을 헤치고 진실을 밝혀내는 '정의의 인물'이 되는 길과 리얼리즘에 입각, 별다른 서사적 고려 없이 그럭저럭 수사하다가 큰 장애물과 맞닥뜨리면 수사를 포기하고 타협해버리는 길, 또는 아무 장애물이 없는 수사를 통해 손쉽고도 간단하게 진실을 밝혀내는 무미건조한 길. 이 세 가지 중에서 어떤 것이 가장 적절할 것인가?

지금까지 주어진 정보만 가지고도 그의 수사가 결코 평탄하지는 않을 것 같다. 먼저 조윤이라는 인물이 그의 '월권'을 용납하지 않을 것이다. 하급 관리가 아무리 의금부 소속이라고는 해도 자신의 권한을 넘보는 것은 불쾌하기 이를 데 없는 일일 것이다. 그리고 이상사를 비롯한 밀양의 관료들도 그의 수사를 별로 달가워하지 않을 것이다. 밀양은 지금 평화를 되찾았고 신임 부사를 중심으로 아무 일 없이 잘 굴러가고 있으니까 말이다.

충돌

김령을 떠나보내고 동헌으로 돌아오던 억균의 앞을 막아선 것은 어사 조윤이었다. 어사 뒤엔 밀양 부사와 호장이 묘석처럼 서 있었다. 사령과 나졸, 통인 들이 그 뒤에 줄줄이 포진해 있었던 것은 물론이다. 억균이 머리를 조아리자마자 어사의 낮지만 날카로운 힐책이 날아온다.

"김부위, 어딜 그리 황망히 가는 겐가?"

"예, 그게, 그러니까……"

"하루종일 코빼기도 안 뵈더니 계집 치마폭에라도 빠져 있었는가? 어디 삼삼한 계집이라도 숨겨놓았는가?"

어사는 힐난의 의도를 굳이 감추려 하지 않았다.

"내 듣자 하니 자네가 밀양부 이곳저곳을 온통 쑤시고 다닌다던데, 자네가 어사인가 내가 어사인가?"

김억균은 대답 대신 고개만 깊이 숙였다.

"내가 좀 알아야겠네. 도대체 뭘 하고 다니는 겐가?"

조윤은 집요하게 물고 늘어졌다. 이쯤 되면 억균도 어사의 의도가 단순한 질책이 아니라는 것쯤은 눈치채지 않을 수 없다. 그렇다면 고개만 조아린다고 지나갈 일은 아니었다.

"그러시다면 말씀드리겠습니다."

조윤은 날카로운 눈초리로 억균을 쏘아볼 뿐, 아무 말도 하지 않았다.

"사람들을 좀……"

억균이 수령과 호장 일행을 눈짓으로 가리켰으나 조윤은 마뜩찮은 얼굴로 억균을 쏘아보기만 하고 있었다. 그들이 서 있는 중문을 둘러싸고 보이지 않는 팽팽한 긴장이 억균과 조윤, 아니 억균과 억균을 제외한 다른 이들 사이에 흘렀다. 어사 뒤에 포진한 사령과 아전, 통인 등속들에게선 감출 수 없는 불쾌함과 적의가 마치 욕탕의 증기처럼 모락모락 피어올랐다. 어쩌면 그들의 이 적의는 억균 개인을 향한 것이 아니라 조윤까지를 포함한 이방인들 모두를 겨냥한 것일 수도 있었다.

"영감."

억균이 다시 한번 간곡하지만 엄중하게 어사와의 독대를 요청했지만 조윤은 대꾸하지 않았다. 이런 대치상태가 계속되는 동안 이들 주변엔 향청에서 죽치는 양반 나부랭이들과 관노들, 민원을 보러 온 백성들까지 슬금슬금 모여들어 어느새 씨름판을 방불케 하는 광경이 연출되기 시작했다. 구경거리가 된다는 건 대부분의 경우 누구에게도 기분좋은 일은 아니다. 그런 상황에선 누구라도 자신이 침묵의 시선에 노출되어 있으며 사소한 실수도 치명적인 문제가 될 수 있다는 걸 본능적으로 알아차린다. 반대로 누군가를 구경거리로 만든다는 건, 대중에게는 가학적 즐거움의 원천이다. 그들은 익명이며 다수다. 구경을 한다는 것만으로 죄를 물을 수도 없는 일이고 설령 위협이 가해지더라도 흩어지면 그만이다. 시위 진압중인 경찰관이 툭하면 기자를 두들겨패고 카메라를 뺏는 심리와 비슷하달까. 어쨌든 어사와 억균은 동시에 구경꾼들의 시선에 노출되고 있었다. 어찌 보면 밀양 부사와 호장을 비롯한 아전들까지도 구경꾼이라 할 수 있었다.

그제야 어사는 할 수 없다는 표정으로 수령과 호장을 돌아보았다. 초점 없는 호장의 눈이 허공을 향해 빛났다. 밀양 부사는 호장과 사령들을 이끌고 동헌 쪽으로 물러났다. 그들이 사라지자 억균은 어사를 데리고 객사로 향했다.

"도대체 이게 무슨 일인가?"

객사에 들어가 자리에 앉자마자 조윤은 짜증에 가득찬 목소리로 물었다.

"영감, 윤정옥 살해건은 어찌 처리하실 요량이십니까?"

"그걸 왜 자네가 내게 묻는가?"

조윤은 발가락을 꼼지락거리며 히죽 웃었다. 멀리서 까치가 울었다. 까악까악.

"관장이 둘이나 죽고 관장의 여식이 죽고 관가의 재산인 관노가 옥중에서 죽었습니다. 그런데도 부검은 부실하기 짝이 없었을 뿐 아니라 죽었다는 윤정옥의 무덤은 찾을 수도 없고 밀양부엔 온통 흉흉하고 괴이한 소문만 떠돌아 민심은 조정을 불신하는 지경에 이르렀는데도 아무런 조치도 없이 그냥 보고만 계시겠다는 말씀이십니까?"

"그런데 왜 그걸 자네가 감 놔라 대추 놔라 하느냐는 얘길세, 내 얘기는……"

어사는 여전히 발가락을 꼼지락거리고 있었다.

"여봐라."

조윤은 돌연 밖을 향해 소리를 질렀다. 문 앞에서 대기하던 통인이 다급하게 뛰어들어왔다.

"물을 한 사발 가져오든지 술상을 봐오든지 하라."

"예이."

한참 기세가 오르는 억균의 김을 빼는 조윤의 노회함은 이런 순간에 빛난다. 물론 통인이 문을 열고 들어오는 것을 보여줌으로써 밖에 여전히 수많은 눈과 귀가 있음을 억균에게 알려주려는 의도도 있었을 것이다.

"어디까지 얘기했더라?"

그래도 억균은 젊다. 김이 빠진 것도 잠시, 이내 마음을 가다듬고 방금 전에 했던 말을 다시 반복하면서 사건의 재조사를 청했다. 그럴 즈음에 관기가 술상을 받아들고 객사로 들어왔다. 억균의 말은 다시 끊긴다. 억균은 관기가 술을 따르고 안주를 발라내는 것을 지켜본다.

"이보게."

"예."

"자네 집안하고 이번 사건하고 무슨 관계라도 있나?"

"아닙니다."

"재밌는 친구로구먼."

어사는 관기가 올려주는 생선살을 혀를 내밀어 낼름 받아먹으며 억균을 지그시 쏘아본다.

어사 말에도 일리는 있었다. 물론 억균도 이렇게까지 하면서 아랑의 사건에 매달릴 이유는 없었다. 억균 역시 처음에는 그저 호기심에서 출발한 것이었다. 사적인 원한이 있지도 않고 이 사건의 해결에 출셋길이 걸려 있는 것도 아니었다. 아마, 방금 전 중문에서 어사를 맞닥뜨리지 않았더라면, 거기에서 모든 관속들이 지켜보는 가운데 어사에게 추궁을 당하지 않았더라면, 다시 말해 구경거리가 되지 않았더라면, 그의 호기심은 다른 고을로 출발함과 동시에 유야무야 사라졌을지도 몰랐다. 그런데 어사의 힐난에 상처를 받은 종팔품의 억균이 정삼품 어사를 향해 사람들을 물리고 긴히 말씀드려야 할 일이 있다고 맞받아치는 바람에 일은 여기까지 오고야 만 것이었다.

아마 조윤은 젊은 억균이 생각하는 것 이상으로 이 국면에 대해 심각하게 여기고 있었을 것이다. 모든 늙은이들은, 게다가 관료는 조심스럽다. 사소한 문제도 자신과 관련해서는 생기지 않기를 바란다. 호기심을 통어할 수 없다면 그는 관료가 아니다. 자신의 젊은 수행원이 수많은 관속들 앞에서 눈을 똑바로 뜨고 자신의 힐난에 맞대응해오는 순간부터 그는 이 문제가 결코 조용히 지나가지 않을 성질의 것임을 본능적으로 깨달았을 것이다. 따라서 그가 억균 앞에서 취하는 모든 태도는 오랜 관가생활을 통해 자신도 모르게 상급자들로부터 전수한 일종의 노하우였을 것이다. 언젠가 억균도 늙는다면, 그것도 관리로 늙는다면, 조윤에게서 배운 기법들을 써먹을 기회가 있을 것이다.

어사의 예상대로 억균은 그냥 물러서지는 않았다. 그는 이런 말을 함으로써 돌아올 수 없는 강을 건너버렸다.

"임금의 명을 받은 어사께서 분명히 잘못된 처사를 목격하고도 이를 묵과한다면, 이는 위로는 임금의 은혜를 저버리는 일이요, 아래로는 백성들의 근심을 더하는 일이 아니겠습니까?"

억균의 의도는 어사의 책무를 상기시켜주자는 정도였겠지만 조윤은 그렇게 받아들이지 않았다. 그는 억균의 이 말을, 만약 당신이 이 문제를 덮고 지나간다면, 신하된 자의 도리로서 이를 임금에게 알려 어사가 더이상의 부덕을 행하지 않도록 막을 의무가 나, 억균에게도 있다, 는 것으로 이해했다. 상소라는 제도가 엄연히 살아 있는 조선 중기의 고위관리라면 결코 가볍게 지나칠 말이 아니었다. 따라서 조윤에게도 선택의 여지는 별로 남아 있지 않게 되었다.

누구를 믿을 것인가

어사의 승낙을 받아낸 억균은 좋으나 싫으나 사건을 본격적으로 재조사해야 할 입장에 처하게 된다. 우선 전임 수령들의 해유문서解由文書부터 점검하기 시작했다. 해유문서란 임지를 떠나는 수령들이 관물 보존에 관해 적어 후임자에게 넘겨주는 일종의 보고서였다. 전임 수령이 재정에 관한 물목을 적어 후임 수령에게 인계서로 작성해 남겨놓으면 후임 수령은 이를 조사하여 관찰사에게 보고하고, 이를 근거로 관찰사는 재물관계는 호조에, 군사관계는 병조에 이첩한다. 억균은 특히 호조로 보고된 재물관계 부분을 면밀히 검토했다.

억균은 그렇게 자리에 꼼짝 않고 앉아서 하루를 보냈다. 오후 늦게야 의관 김령이 돌아왔다. 김령은 다소 흥분된 기색이었다. 그는 귓속말로 억균에게 무언가를 속삭였고 억균은 자리에서 벌떡 일어나 밖으로 나갔다.

"여봐라. 부사께서는 어디 계시느냐?"

부사는 내아 뒤곁의 작은 정자에 있었다.

"여기 계셨소이까?"

아랑의 혼백을 만났다는 자. 귀신이 일러주는 말에 따라 범인을 색출하여 그를 죽여 원한을 갚아준 후, 아랑의 시신은 따로 후히 장사지내주었다는 자. 억균은 그의 면모를 다시 한번 살펴본다. 아무리 봐도 귀신을 제압할 만큼 담대해 보이지 않는다. 오 척 단구에 처진 눈꼬리, 굽은 등. 비실비실 비어져나오는 실없는 웃음. 그의 풍모는 영웅호걸보다는 늙고 노회한 아전 쪽에 가까웠다.

"무슨 일이시오?"

"몇 가지 여쭐 일이 있어서 찾았소이다."

부사는 별 반응 없이 후원 연못에 피어 있는 연꽃을 바라보고 있을 뿐이었다.

"연꽃이 볼 만합니다."

억균의 말에 이상사는 심드렁하게 대꾸한다.

"더러운 물, 고인 물에서나 피는 꽃이지요."

"어디서 핀들 무슨 상관입니까. 아름답기만 하면 그뿐이지요."

"더러운 진흙에서 나와 더 화려해 보이는지도 모르지요."

"사또는 절에 다니십니까?"

이상사는 질문하는 억균의 얼굴을 힐끗 일별하고는 이내 고개를 연꽃 쪽으로 돌려버린다.

"출가한 누이가 있습니다. 녹을 먹는 관장으로서는 면목 없는 일이지요."

"수령이 되기 전의 일이었겠지요."

"물론 그렇지요. 일찍 남편을 여의더니 어느 날 훌쩍 온다간다 말도 없이 가버렸지요."

"어느 절에 있습니까?"

"모르지요. 묘향산 어디 있다고도 하고."

"식솔들은 두고 부임하셨나봅니다."

"끌고 다니면 그것만한 민폐가 없지요."

"그도 그렇지요. 그렇지만 쓸쓸하시겠습니다."

"관장의 일이라는 게 그럴 만큼 한가하지는 않아서……"

이상사는 무슨 뜻인지 모를 웃음을 피식, 흘리고는 옆에 서 있는 통인을 부른다.

"얘야. 여기 술상 좀 봐오너라."

"예이."

통인이 바삐 내아의 부엌 쪽으로 달려간다.

"참, 수산제엔 다녀오셨습니까?"

억균이 넌지시 수산제 얘기로 끌고 들어가보지만 이상사는 심상하게 맞받는다.

"아직 못 다녀왔습니다. 부임한 지도 얼마 안 됐고."

"수산제 일대의 전답은 밀양뿐 아니라 경상도 일대에서 손꼽히는 곡창이라 들었습니다만."

"게다가 국둔전이지요."

이상사가 오히려 억균을 앞질러가며 억균의 낯빛을 슬쩍 살핀다.

"그렇지요. 국둔전이면 왕실의 재산이지요."

"전임 부사 두 분이 급서하신데다가 아시다시피 살인사건도 있었고, 그래서 미처 거기까지는 마음을 쓸 겨를이 없었지요. 설마 수산제에 안 다녀왔다 하여 수령이 직무를 유기했노라고 발고하실 작정은 아니시겠지요?"

그 말을 해놓고 나서 이상사는 그게 몹시 재미있는 이야기나 된다는 듯 쿡쿡거리며 웃어댔다. 굽은 등을 더욱 구부리며 킬킬거리는 이상사의 모습은, 그랬다, 분명 전형적인 사대부의 그것은 아니었다. 그는 억균으로서는 쉽게 만나기 힘든 유형의 인간이었다. 그는 점잔을 빼며 거들먹거리지도 않았고 그렇다고 문자를 유창하게 읊어대는 인간도 아니었다.

"그러지 않아도 어사께서 떠나시면 한번 가려고 했소이다."

술상이 들어와 둘 사이에 놓였다. 술은 이상사가 따랐다.

"그 살인사건 말씀입니다만……"

억균은 술 한잔을 받아 마시자마자 본론으로 치고 들어갔다. 이상사는 술잔을 든 채로 억균의 눈을 빤히 응시해왔다. 눈빛만으로는 이상사가 긴장을 하고 있는 건지, 해볼 테면 해보라는 것인지, 아니면 귀찮게 왜 자꾸 그 일을 끄집어내냐는 것인지 알기 힘들었다. 그저 그는 빤히, 마치 그 일은 난생처음 듣는다는 표정으로 억균의 다음 말을 기다렸다.

"사건을 면밀하게 다시 살피라는 어사의 명이 계셨소이다."

"조사할 게 있다면 해야겠지요."

이상사는 술잔을 내려놓으며 말했다. 그러고는 다시 눈길을 연꽃

쪽으로 돌렸다. 그러더니 뜬금없이 억균을 향해 물었다.

"연잎 위에 앉아 있는 개구리들도 생각이라는 걸 하겠지요?"

"그런 미물이 무슨 생각을 하겠소이까."

"아니지요. 저기 앉아 있는 저 개구리놈은 한참을 궁리합니다. 놈은 물에 떠 있는 연잎 위에 앉아 다음에는 어느 연잎으로 뛸까, 그러면서 놈은 제 뒷다리의 힘을 가늠하고, 동시에 자신을 노리는 뱀이나 새가 없을까 살피지요. 또, 그 연잎이 제 무게를 지탱해줄 수 있을까, 아니 차라리 물속으로 뛰어들어버릴까, 판단을 합니다. 한 번 펄쩍 뛸 때마다 놈은 이 모든 생각을 하는 거지요. 저 작은 대가리로, 용하지요?"

"딴은 그렇겠습니다."

"그러다 저놈이 제 대가리로 나름대로 잴 것 다 재고 다음 연잎으로 펄쩍 뛰었을 때, 운 나쁘게도 하필 거기에 웬 물뱀 한 마리가 기다리고 있다가 놈을 덥석 물고 들어가버리면, 그 모든 헤아림들도 그냥 그걸로 끝인 거지요. 안 그렇소이까?"

"섭리라면 어쩔 수 없는 게지요."

"그렇습니다. 그게 섭리입니다. 저 미물이나 인간이나 앞날을 모른다는 점에서는 매일반이지요. 날마다 판단을 해야지요. 여긴가 저긴가. 그리고 뒷다리의 힘을 모아 펄쩍 뛰고 나면 그다음은 모르는 거지요. 헤헤."

이상사는 또 의미 없는 웃음을 지으며 입맛을 쩍쩍 다셨다. 한잔의 술이 더 그의 입으로 들어갔다. 어느새 해가 뉘엿뉘엿 서산으로 떨어지고 있었다. 그러느라 연못의 물도 언저리부터 붉은빛으로 물들기 시작했다.

"아참, 우리가 무슨 얘기를 하고 있었습니까?"

이상사는 돌연 억균 쪽으로 얼굴을 돌리며 정색을 했다. 그의 입가엔 조금 전에 안주로 집어먹은 생선의 기름이 묻어 번들거리고 있었다.

"살인사건을 다시 조사하는 이야기를 하고 있었지요."

"아, 그랬었던가요?"

"그래서 말씀입니다만."

억균은 이야기의 줄기를 다잡으며 이상사의 기색을 살폈다. 이상사는 별다른 동요를 보이지 않았다. 그러는 사이에도 그의 눈은 연잎 위의 개구리를 좇고 있었다.

"아랑의 귀신을 보셨다 들었습니다."

"허, 그게 김부위의 귀까지 들어갔소이까?"

이상사는 피식 웃었다.

"그저 떠도는 이야기에 불과하오. 그런 걸 다 귀담아듣노라면 피곤하실 겝니다."

"그럼 아랑을 죽인 자는 어찌 찾아내셨습니까?"

어느새 해는 완전히 서산 너머로 졌고 사위엔 어둠이 내려앉고 있었다.

"저녁을 여기서 드시겠소이까?"

이상사가 억균에게 물었다.

“저는 아직 생각이 없습니다만 부사께서 드시겠다면 거들겠습니다.”

“그럼 그러시지요.”

이상사가 다시 통인을 불러 저녁상을 정자로 내오고 등불을 밝히라고 시켰다. 그리고 이방을 불러 객사에 머물고 있는 어사의 저녁상에 대해서도 면밀하게 묻고 챙겼다.

“아랑을 죽인 자를 어찌 찾아냈냐고 물으셨소이까? 그건 아주 쉬웠소이다. 의금부에 계시니 잘 아시겠소만, 본시 살인사건이란 아는 자의 소행이 십중팔구요. 부임해보니 전임 부사 두 분은 돌아가셨고 아랑이라는 전임 부사의 여식은 행방불명이었소이다. 민심은 흉흉하기 이를 데 없고 관아 여기저기서 아랑을 봤다는 소문도 심심찮게 돌지 않았겠습니까? 그래, 나름대로 수사를 했지요. 다들 말하더이다. 아랑은 외간남자와 눈이 맞아 달아날 여인은 아니었다고. 생각해보시오. 아무리 피가 뜨거운 여인이라 해도 명색이 사대부가의 여식이 그렇게까지야 하겠소이까? 모르지요, 눈이 뒤집히면 그럴 수 있을는지도. 여하튼 저는 아랑이 살해된 것이 아닐까, 의심하게 되었습니다. 만약 살해되었다면 누가? 필경 아랑을 아는 사람일 터이다. 지금 앉아 계시는 곳이 수령과 그의 가족들이 머무는 내아 아닙니까? 보셔서 아시겠지만, 여기에 머무르는 아녀자들은 동헌을 통하지 않고는 바깥출입을 하기가 힘들지요. 다른 쪽으로는 출입구가 없습니다. 그렇다고 치마를 입은 아녀자가 월장을 할 리도 없겠구요. 그렇다면 아랑을 아는 자들은 관아 안에 있는 관속들이겠구나, 생각했지요. 관아 안에서 아랑을 살해할 만한 인물들을 생각해보았지요. 아전들이란 족속은 본시 양반의 것이라면 눈도 주지 않습니다. 저들 분수를 잘 알고 있으니까. 그들은 양반의 재물은 혹 탐할지 몰라도 계집은 손끝 하나 대질 않는 종자들이지요. 그러니 아전들을 빼면 관노들이 남습니다. 무지하고 소처럼 겁 많은 놈들. 제대로 배우지 않은 어린 관노나 통인이라면 그럴 수도 있겠지요. 다홍치마 차려입은 아리따운 아랑을 보고 음심을 품었을 수도 있었겠지요. 그래, 그 놈들 모아놓고 을러댔지요. 뭐라고 했겠소이까?"

이상사의 눈에 새로이 켠 등불의 그림자가 어렸다. 그의 눈이 활활 타오르고 있었다.

"글쎄올습니다."

"겁을 좀 주었지요. 너희도 들었을 것이다. 두 분 수령께서 급서하신 것은 다름아닌 아랑의 혼백 때문이었다. 지난밤, 나 역시 아랑의 혼백을 만났느니라. 모두 눈을 감아라. 그러면 아랑이 흰나비가 되어 죄인의 상투 끝에 앉겠노라 말했느니라. 4월이면 이곳은 나비 천지지요. 놈들은 두려움에 가득한 눈으로 제놈들 머리 위를 펄럭대며 날아다니는 흰나비들을 바라보았소이다. 그때 벌써 다리를 벌벌 떠는 놈들도 있었소이다. 옆에서는 사령들이 오랏줄과 창을 들고 기세를 올리고 있었으니까 더했겠지요. 무서운 일이지요. 관아를 들락거리는 놈들은 그 고통을 잘 압니다. 등줄기에 식은땀이 좔좔 흘렀을 겝니다. 실눈이라도 뜨는 놈이 있으면 사령을 시켜 흠씬 두들겨 패놓았지요. 그러니 어느 놈도 감히 눈을 뜨지 못했소이다. 동헌 앞마당엔 쥐새끼 왔다갔다하는 소리 하나 나질 않았습니다. 눈을 감고 서 있는 관노놈들은 아마 나비의 날갯짓소리까지 들었을 겝니다. 들리고도 남음이 있었겠지요. 그렇게 한참을 놔둔 후에 제가 벽력같이 소리를 질렀겠지요. 네 이놈! 그러자 한 놈이 지랄병 걸린 노인네처럼 버들버들 떨며 제자리에 풀썩 주저앉더라 이 말입니다. 킬킬킬."

"정녕 나비가 날아와 앉았단 말입니까?"

"이보시오, 김부위. 이야기를 너무 좋아하시는 모양입니다. 나비가 관노놈 상투 위엔 뭐 먹을 게 있다고 내려앉겠소이까?"

이상사는 여전히 킬킬대고 있었다.

"그래서 어찌되었소이까?"

"그놈을 잡아다 족치니 이실직고를 하더이다. 이미 정신이 반쯤 나가버렸기에 족치는 대로 다 불어버리더이다."

"만약 아무도 주저앉지 않으면 어쩌려고 하셨소?"

"소리치기 전에 벌써 다 알겠더이다. 그놈은 내가 소리치지 않았더라도 제풀에 주저앉고 말았을 것이오. 이마에선 땀이 비 오듯 쏟아지고 다리는 마치 버드나무 가지처럼 후들대고 있었으니까 말이오. 거의 사람의 몰골이라 할 수 없을 지경이었소이다."

"그놈이 진범이 아닐 수도 있지 않겠소이까?"

"모두 이실직고했다지 않소이까?"

"이실직고했다는 놈이 어찌 매를 맞다 죽었소이까?"

"살인한 것은 진즉에 토설하였으나 어디에 묻었는가를 말하지 않아 그렇게 국문을 하게 된 것이오. 그놈이 그리 쉽게 죽을 줄은 몰랐소이다. 젊은 놈이 장 팔십에 고꾸라지다니."

"장 팔십이라고 하셨소?"

억균은 눈을 동그랗게 뜨고 이상사에게 물었다. 그가 그렇게 놀라는 것도 이상한 일은 아니었다. 수사와 신문 과정에서 고문이 뒤따르는 것은 놀라운 일이 아니었다. 그러나 이런 고신拷訊에도 제한은 분명히 있었다. 일반 피의자들은 한 차례에 삼십 대가 넘는 형문은 당하지 않았다. 수령은 태 오십 대 내의 죄는 혼자 처리할 수 있었으나 그 이상의 범죄에 대해서는 감사에게 보고하고 허락을 얻어야만 했다. 권한을 넘어선 형을 가하여 피의자의 목숨을 끊었다가는 장 백 대와 함께 관직에서 영구히 추방되었다.

"그것은 너무 과하지 않소이까?"

"놈은 사대부가의 여식을 욕보인 후, 죽여 땅에 묻고는 시침을 뚝 떼고 태연히 관아 안을 활보한 자가 아니오? 그런 놈이 시신을 어디에 유기했는가도 말하지 않고 버티니 때리는 수밖에 무슨 수가 달리 있단 말이오? 그래도 그놈을 그렇게 족쳤기에 아랑의 시신이나마 찾아 후히 장사를 치러줄 수 있었던 것이고 민심을 잡을 수 있었던 것이오. 김부위가 수령이었다면 어찌했겠소? 별로 다를 바 없었을 것이오."

"감사께는 보고하셨소?"

"글쎄올시다. 안 했다면 어찌하시겠소? 형틀에 묶어 장 백 대를 쳐 삭탈관직한 후 고향으로 보내버리시겠소이까? 모르지요. 매를 맞다 안국이놈처럼 덜컥 죽어버릴지도. 설령 안 죽는다 칩시다. 그럼 한양으로 돌아가, 밀양의 부사 이상사가 죄가 많아 장형에 처하고 삭탈관직하였으니 새로이 부사를 뽑아 내려보내라고 주상께 간하시겠소? 그럼 밀양 가겠다는 임자가, 나 여깄소이다, 이러면서 나타나겠소? 아마도 밀양은 한동안 수령 없는 고을로 남게 되겠지요. 수령이 무엇이오? 백성들의 아비가 아니오? 나라엔 온통 도둑떼가 들끓는데 밀양은 아비도 없이 버림받은 채 피폐해질 것이 아니오? 또 수산제에서 거두는 왕실의 소출은 어찌되겠소?"

"그러나, 그것은 분명 지나친 처사였소. 그런 일이 결국은 임금의 덕을 깎는 일임을 잘 알지 않소이까?"

"임금의 뜻은 죄 없는 백성을 죽이거나 괴롭히지 말라는 것이지 살인을 저지른 놈을 잘 타일러 구슬리란 뜻은 아니지 않소이까?"

"어쨌든 알았소이다. 그럼 온 고을에 퍼진 나비 이야기는 결국 부사께서 지어내신 이야기란 말씀이시지요?"

부사는 딴 사람 얘기를 하듯 별 감정이 실리지 않은 목소리로 대꾸했다.

"나비는 날아왔소이다."

부사의 눈은 이미 어두워진 연못 쪽을 향해 있다. 그때쯤 되어 저녁상이 들어왔고, 두 사람은 별다른 말 없이 묵묵히 밥을 먹었다. 저녁식사를 끝마친 후, 억균은 어사가 머무르는 객사로 들어가 사건의 경과를 보고하려 했으나 어사는 귀찮다며 억균을 맞아들이지 않았다.

몇 가지 기록

지금 우리 앞에는 성종 2년의 실록 한 부분이 놓여 있다.

성종 2년 1월 9일

호조에서 아뢰기를, "밀양의 수산제 아래에 있는 국둔전은 토질이 기름지고 비옥하여 일 년에 거둔 곡식을 군수軍需에 보충하는데, 많으면 팔천여 석에 이릅니다. 지난 정해년에 크게 제방을 쌓아서 수문水門이 튼튼하였는데, 근래 수령이 태만하고 뜻을 기울이지 아니하여, 수문을 여닫는 데 때를 놓쳐서 허물어뜨리기에 이르러 전의 공역功役을 헛되이 버리게 하였으니, 진실로 그 죄를 다스리는 것이 마땅하나, 일이 사유赦宥 전에 있었으므로 추론할 수는 없습니다. 청컨대 본 고을의 수령으로 하여금 친히 관속인官屬人을 거느리고 제때에 수축修築하게 하여, 경작하는 여러 가지 일을 다시 권장 독려를 더하게 하고, 그 부지런하고 태만한 것을 관찰사가 전최殿最 때 빙고憑考하여 시행하게 하소서" 하니, 임금이 그대로 따랐다.

여기에는 몇 가지 우리 작업에 도움을 줄 만한 흥미로운 대목들이 눈에 띈다. 국둔전은 대단히 비옥한 땅이며 여기에서 나는 곡식으로 군수에 보탠다. 헌데 수령이 태만하여 수문 열고 닫는 타이밍을 놓쳤다. 그래서 국둔전의 농사를 망쳐버렸다. 그러니 어서 관속들을 이끌고 다시 제방을 쌓도록 하라는 내용이다. 이 기록에서 우리는 조선조가 밀양의 수산제와 국둔전의 관리에 매우 신경썼음을 알 수가 있고, 국둔전의 관리에 실패했을 경우 심각한 문책을 받을 수도 있었다는 것을 미루어 짐작할 수 있다.

우리는 이 자료를 토대로 몇 가지 상상을 해볼 수 있다. 우리가 소설적 배경으로 삼고 있는 명종 16년, 혹은 그 전해인 명종 15년에 수산제의 제방이 무너졌다면? 수령을 비롯한 아전들은 중앙 조정으로부터 질책을 받지 않기 위해 백방으로 노력할 것이다. 가능하면 상부에 알려지기 전에 고을 백성들을 동원해 제방을 다시 복구해 관리 소홀의 잘못을 은폐하려 했을 것이다. 잘하면, 성공할 수도 있었을 것이다.

그런데, 복구사업을 진두지휘해야 할 수령이 갑자기 파임을 청하고 고을을 떠나버린다면? 곧 새로운 수령이 부임하여 모든 것을 알게 되고, 그것은 아전을 비롯한 토호들의 책임으로 전가될 것이 뻔하다. 그렇다면 남겨진 지방 관료, 아전들의 선택은?

그렇지만 수령이 떠날 리가 없지 않습니까? 자기 책임임이 만천

하에 드러날 텐데요.

글쎄요. 그것보다 더 큰일을 저질렀다면 떠날 수도 있었겠지요.

일이라니요? 무슨 일 말입니까?

몇 가지 자료를 늘어놓고 벌이는 이 상상게임은 재미있다. 우리는 역사 속의 인물들에게 이런저런 동기와 역할을 부여하면서 악덕 경찰처럼 사건을 조작해가고 있는 중이다.

이쯤에서 짚고 넘어갈 것이 있는데, 그것은 우리가 아랑의 전설을 토대로 어떤 이야기를 새롭게 쓸 수 있을까를, 단지 탐색하고 있을 뿐이라는 것이다. 우리는 이 책의 끝까지 여러 자료들을 검토하고 그것을 통해 이야기를 구성하는, 일종의 퍼즐게임을 계속하게 될 것이다. 누군가는 우리의 책을 바탕으로 새로운 아랑의 이야기를 쓰게 되겠지만 적어도 우리의 책 안에서 이야기의 종결은 없다.

다시 수산제로 돌아가보자. 우리는 이 기록을 토대로, 그리고 지금까지 제시된 이야기들을 토대로 이 사건을 조선조 관리들의 부패와 타락에 얽힌 사건으로 몰아갈 수 있을 것이다. 여기에 치정 혹은 가부장적 윤리가 얽힌 살인사건을 덧붙일 수도 있을 것이다. 어떤 이는 누아르의 공식을 대입하여 이야기를 완성할 수 있을 것이다. 사건의 배후에는 이권을 둘러싼 거대한 음모가 도사리고 있다. 파헤칠수록 더욱 어둡고 끔찍한 진실들이 모습을 드러낸다!

반면에 어떤 이는 수산제에 관한 기록을 무시해버릴 것이다. 저건 성종 대의 기록일 뿐이다, 명종 16년에는 제방이 무너지지 않았다, 고 생각하면 모든 것이 오히려 간단해진다. 그는 '한 여자가 죽었다'는 사실에만 집중할 수도 있다. 이야기를 좀더 확장하면 '조선 중기 경상도 밀양땅에서 한 여자가 죽었다'가 되겠다. 그는 전설로 다시 돌아가, '조선 중기 경상도 밀양땅에서 한 남자가 한 여자를 죽였다'는 데 주목할 것이다. 그러니까 이 문제는 조선시대 관료제의 부패와는 아무 관련이 없는 얘기라고 그는 주장할 것이다. 아랑은 수많은 조선의 다른 여인들처럼 남자들에 의해, 남자들이 만든 시스템에 의해 살해되었다고. 그러니 그것에 대해 쓰면 된다고. 그가 쓰는 이야기는 환상적인 분위기가 가미된 여성주의소설이 될 것 같다.

죽인 그 남자가 누구냐에 따라서 이야기는 또 여러 갈래의 다른 이야기로 갈라져나갈 것이다.

수산제

“분부하신 대로 저희가 의원의 집에서 잠복하고 있었사온데 이놈들이 연이어 의원의 집을 찾았습니다. 잡아 뒤져보니 품속에 칼을 지니고 있었습니다.”

군졸들이 품에서 칼을 꺼내 내보였다.

“또 마지막에 들어선 놈은 이 비단을 지니고 있었습니다. 분부하신 대로 모두 포박하여 대령했소이다.”

청색 도포와 작은 갓은 잡혀온 자들의 신분을 말해주고 있었다.

“수고들 했다. 내 이놈들이 어떤 연유로 야심한 시각에 칼을 품고 의원에게 찾아갔었는지 곧 추국할 터이다. 이놈들을 일단 하옥하고 내 명이 있기 전에는 부사가 온다 해도 절대로 풀어줘서는 아니 된다.”

김억균은 돌아서서 어사가 묵고 있을 객사로 향했다. 어사의 방 앞에는 기생의 신발이 함께 놓여 있었다. 김억균은 조심스럽게 어사를 불러보았으나 응답은 없었다. 그래도 계속 불러대자 귀찮은 기색이 역력한 어사의 일갈이 날아왔다.

"왜 이리 시끄러우냐!"

체념한 김억균은 자기 처소로 돌아왔다. 이제 한 가지만 확인하면 된다. 그는 초조한 마음으로 아침에 떠나보낸 군졸들이 돌아오기를 기다렸다. 그러는 사이 그는 얕은 잠에 빠져들었다.

"계십니까?"

"호장이 웬일이오?"

잠에서 덜 깬 목소리로 문턱에 배를 걸친 채 억균이 물었다. 호장은 한참 동안 뜸을 들였다. 그 침묵은 자못 위력적이었다. 그러니까 그는 무언으로, 당신이 나를 여기까지 오게 만들지 않았느냐고 항의하고 있는 것처럼 보였다.

"무슨 일이냐고 묻지 않소?"

"처사가 지나치십니다."

호장은 눈빛을 거두지 않았다.

"무슨 처사 말인가?"

"식전에 제 수하들을 셋이나 포박해 하옥시켰다고 들었습니다요."

"그들이 어찌 호장 수하인가?"

"관아에서 구실살이하는 아전붙이들을 단도리하는 것이 호장의 소임이 아니라면 누가 그 일을 한단 말입니까?"

억균은 잠자코 툇마루로 나가 어사가 있는 객사 쪽을 손가락으로 가리켰다.

"자네 저기가 뭐하는 데인 줄 아는가?"

호장은 그가 가리키는 방향은 쳐다보지도 않은 채 대답했다.

"객사 아닙니까?"

"그 객사에서 자네들은 무엇을 하나?"

호장은 대답 없이 억균을 노려보고 있었다.

"거기에 선왕의 위패를 모시고 기일에는 제사를 올리고 아침마다 조회를 하면서 한양 쪽으로 절을 올리네. 그렇지 않은가?"

"그렇습니다."

"왜 하는지 아는가? 그것은 자네들이 임금의 신하임을 잊지 말라는 것이야. 임금을 대신해 내려온 수령이 객사와 같은 높이의 동헌에 자리잡고 앉아 있는 것도 그런 연유고. 참, 지금은 어사께서 저기에 묵고 계시지. 왜? 임금의 명을 받아 왔으니까. 내 말이 틀렸는가?"

"그들은 그저 의원에게 찾아간 죄밖에는 없다고 들었습니다."

"이 고을에선 백성들이 병기를 휴대하고 다니도록 되어 있는가?"

"도적이 들끓는 판국이 아닙니까요?"

호장의 말투는 공손했지만 기세는 녹록지 않았다. 억균도 그걸 모를 만큼 무감하지는 않았다.

"도적 때문이라. 알겠네. 호장의 말대로라면 곧 풀어줄 것이니 괘념치 말게."

김억균의 무심한 대꾸에 초점 없는 호장의 눈이 허공을 찔렀다. 하지만 그는 금세 눈빛을 거두어들이고 머리를 조아렸다. 그러는 그에게 억균이 물었다.

"어제 날더러 수산제 국둔전의 한 해 소출이 오천 석이라 했는가?"

"그랬습니다요."

"어찌하여 그것밖엔 안 된단 말인가?"

"지난 을묘년의 한해旱害로 그리되었습니다요."

"을묘년이면 벌써 몇해 전인가? 그때야 한해가 들어 그렇다지만 어찌하여 그동안 국둔전의 소출이 늘어난 바가 그래 단 한 톨도 없단 말인가?"

호장의 얼굴색이 흐려졌다. 식전에 보낸 군졸들이 돌아왔다. 그들은 김억균에게 조근조근 귀엣말을 전하고는 다시 사라졌다. 호장은 머리 위의 중갓을 매만지고 있었다.

"자, 어서 말을 해보게."

"소출을 늘려 보고하면 세금과 부역이 늘어나게 되고, 이는 곧 백성들에게 짐이 됩니다. 언제 기근이나 홍수가 닥칠지 모르는데 어찌 소출을 올려잡겠습니까. 밀양부뿐만 아니라 다른 고을도 다 그리하는 줄 알고 있습니다."

"아무리 그렇다 해도 오천 석이라면 너무 적지 않나?"

김억균은 느긋하게 자세를 고쳐 앉으며 여유를 보였다.

"결코 적은 소출이 아닙니다."

"성종조에도 칠천 석이 나던 국둔전에서 칠십 년이 지난 지금도 오천 석에 지나지 않는다? 늘어나지는 못할망정 줄었다는 말인데, 고을의 재물을 제집 곳간처럼 살펴야 할 호장으로서 이게 가당하다고 보는가?"

호장은 말이 없었다. 허나 할 말이 없어서는 아닌 표정이었다. 아전의 집안에서 태어나 아전으로 잔뼈가 굵은 그는 말할 때와 그렇지 아니할 때를 잘 알고 있을 것이다.

"왜 말이 없는가?"

"소인은 소출이 나는 대로 사또께 올릴 뿐입니다요. 전임 사또께서 오천 석이라 하셨으니 그런 줄 알밖에 다른 도리가 없습니다요."

"그러니까 지금은 어디 있는지도 모르는 전임 부사에게 물어라?"

"그것 말고는 소인으로서는 드릴 말씀이 없습니다."

호장은 완강한 표정으로 입을 다물었다.

"알겠네. 그럼 가보게나."

호장이 사라지자 옆방에서 잠을 청하던 김령이 부스스한 모습으로 행색을 갖추고 건너왔다.

"일어났는가?"

"무슨 일입니까?"

"이 고을 호장이란 자가 여간 녹록지 않네그려."

"아전들이란 본시 위로는 양반의 눈치를 보고 아래로는 백성들의 기색을 살피는 데 도통한 자들이 아닙니까? 겉으로는 양반에게 고개를 수그려도 내심으로는 얕잡아 보기가 일쑤지요. 아래로 내려갈수록 그것이 더하다고 들었습니다요. 수령들이야 일편단심 한양으로 올라갈 생각밖에는 없고, 그러니 고을 실정에 대해 무지할 수밖에 없지 않습니까? 그러니 기실 요즘의 밀양같이 수령이 자주 공석인 고을에는 사실상 호장이 수령 행세를 하고 있다고 봐야겠지요. 그러니 그냥 구실살이하는 아전들과는 격이 다르겠습니다."

"그렇겠지. 참, 아침에 보낸 아이들이 돌아왔다네."

"그랬군요."

억균은 입맛을 다셨다.

"역시 수산제가 문제였네."

김령이 가까이 다가앉았다.

"지난 물난리 때, 수산제의 방둑이 무너진 모양일세. 지금 한창 제방 축조공사가 마무리 단계라더군."

"그게 문제가 됩니까?"

"수산제의 국둔전은 나라의 귀한 재산이고, 따라서 그를 관장하는 수령은 늘 제방을 튼튼히 쌓아 홍수에 대비할 책임이 있다네. 이를 소홀히 했을 경우 수령은 심하면 파직에 이를 수도 있고, 다른 관직에도 물론 나아가지 못하지. 헌데 아랑의 아비, 윤관의 해유문서를 보면 이런 내용이 전혀 기록되어 있지 않다네. 지난 성종조만 해도 밀양 부사가 수문을 여닫는 때를 놓쳐서 제방을 허물어뜨린 바람에 크게 문책을 받은 바 있거든."

억균의 말이 계속 이어졌다.

"사정이 이런데도 전임 부사 윤관은 이 내용을 숨겼다네. 호장을 비롯한 아전들이 이런 일을 몰랐을 리 없고. 아전들이 전임 부사 윤관을 도와준 연유는 무엇이었을까? 곧 후임 수령이 내려올 테고, 그러면 줄어든 소출만큼 아전들에게 변상시킬지도 모르는 판국인데 말일세. 그걸 변상하려면 아전 개인뿐 아니라 그 가문까지도 파산하게 된다네. 헌데 이곳 밀양에서는 이런 중대한 사안에 대해 아무런 장계도 올라오지 않았단 말일세. 이를 발고하는 아전들의 청원도 올라온 바 없고. 어째 이상하지 않은가?"

"혹시 아전들도 전임 수령에게 어떤 빚을 진 게 아닙니까?"

"그럴 것이야. 그렇지 아니하다면 그렇게 순순히 전임 수령의 과를 덮어줄 리가 없겠지. 향리들이 어떤 자들인가? 그들이 방백을 하겠나, 수령을 하겠나. 오직 자리를 보전하고 그걸 자손 대대로 물려줄 수 있다면 족한 자들일세. 그런 자들이 자칫하면 가문이 풍비박산나고 다시는 향리직에 나설 수 없을지도 모르는 이런 중차대한 일을 모른 체하고 넘어갔다면 뭔가 있는 게 아니겠는가? 전임 수령은 그 뭔가를 미끼로 아전들의 입을 막았고 아전들은 수령들이 교체되는 시기에 서둘러 백성들을 동원하여 막바지 제방 복구작업에 총력을 다하고 있었던 게야."

"시간이 필요했겠습니다."

"그렇지. 그랬을 테지."

수색

억균은 어사가 묵고 있는 객사로 달려갔다.

"무슨 일이냐?"

"어사께서 안녕하신지 살피러 왔습니다."

어사는 장지문을 열어젖히며 못마땅한 말투로 되받았다.

"자네 그게 무슨 말인가?"

"영감. 퇴임 아전들이 모여 있는 안일방과 호장의 가택을 속히 뒤지도록 허하여주십시오."

"갑자기 구실살이하는 아전들은 왜?"

"이들의 죄가 큽니다. 이들은 분명코 수령들의 비명횡사와 관련이 있습니다. 그렇지 않고서야 무엇하러 부검을 맡았던 의원의 집에 칼을 들고, 그것도 마침 이런 때에 찾아들었겠습니까? 이들을 모두 잡아놓기는 하였으나 이들의 거처도 속히 수색을 하여야겠습니다."

이어 억균은 수령들의 죽음에 관한 검시 보고서에 관련한 의문도 낱낱이 아뢰었으나 조윤은 그다 큰 관심을 보이지 않았다.

"자네는 주상께서 왜 나를 보내셨다고 생각하는가?"

"그야……"

조윤은 억균이 무슨 말을 할지 뻔히 안다는 얼굴로 손을 내저어 말을 막았다.

"주상께서는 말일세, 나라가 어지러우니 가서 백성들을 안심시키고 안녕을 도모하라고 보내신 것일세. 지금 자네처럼 천방지축 없는 일도 들쑤셔 민심을 어지럽히라고 보내신 게 아니라는 거지. 지금 벌이고 있는 일, 그거 쓸데없는 짓이야. 아전들이 경황이 없었거나 의원이 오락가락하는 위인이거나 둘 중의 하나지. 설령 자네 말처럼 그들이 그런 일을 저질렀다 한들 지금 와서 뭘 어떻게 찾아낼 수 있단 말인가? 이런 일은 꼭 뒤탈이 있다네. 저놈의 아전배들이 저래 봬도 감영이든 한양이든 다 한 가닥씩의 연줄은 있거든. 그놈들이 받들었을 수령만 해도 몇이겠는가? 괜히 도적떼다 왜적이다 해서 나라도 어수선한데, 평지풍파만 일으킬 것이야."

조윤은 못마땅한 기색으로 혀만 끌끌 차다가 크악, 하고 가래침을 쪽마루 건너편으로 쏘아붙였다.

"며칠만 시간을 주십시오."

"김부위의 뜻은 알겠는데, 한양으로 돌아갈 날이 머지않았으니 사흘 안에 끝내게. 종자들도 김부위가 알아서 필요한 곳에 쓰도록 하고. 명심할 것은 말이지, 나흘 후면 우리는 더이상 밀양부에 없을 거라는 거야."

억균도 더는 조르지 않았다. 그는 고개를 숙여 예를 표하고 돌아서서 나왔다. 나오는 그의 등뒤에 조윤이 들으라는 것인지 말라는 것인지, 혼잣소리를 뇌까렸다.

"하늘의 새가 날아다니는 데 무슨 별다른 까닭이 있나. 또 그놈이 별안간 공중에서 곤두박질쳐 뒈진다 한들 거기에 무슨 곡절이 있나. 그냥 그런 게지."

억균은 뒤돌아보지 않고 그냥 걸어나왔다. 그러고는 동헌 앞에 대기시켜놓은 군졸들을 이끌고 신속하게 안일방과 호장의 집을 잇따라 급습, 수색하였고 둔전창 일대를 다시 한번 샅샅이 훑었다. 시간이 많지 않았다.

'수색'이라는 것은 그 자체만으로도 대단히 흥분되는 일이다. 다른 사람의 거처를 합법적으로 뒤지는 일만큼 아드레날린의 분비를 촉진시키는 일은 많지 않다. 현대에도 그렇지만 보통 사람들이라면 누구도 수색에 대비하며 살지는 않는다. 우리는 암묵적으로 '수색을 당하는 일은 내 평생에 일어나지 않을 것이다'라는 가정하에 살아간다. 그런 사람들의 집에 들이닥쳐 그들의 내밀한 삶의 결을 백주 대낮에 드러내버리는 일은 짜릿한 일임에 틀림없다.

그 짜릿함은 수색이 법적인 문제와 윤리적인 문제를 동일한 차원으로 만들어버리는 데에서 온다. 만약 누군가의 안방 장롱에서 장물 대신 포르노테이프가 쏟아진다면 비록 그것이 범법이 아닐지라도 수색당한 자의 자존심은 여지없이 땅에 떨어져 뒹굴게 된다. 어떤 경우 그것은 법적인 문제보다 더 치명적일 수도 있는 것이다. 80년대 운동권들의 거처에서 발견된 포르노잡지들은 때로 북한방송 녹

취테이프보다 더 위험했다. 그러니 수색자들은 목표물보다 그런 부수적인 전리품을 발견했을 때 더 득의만만해했다. 그들은 그런 압수품을 통해 수색이라는 야만적 행위를 정당화할 수 있었던 것이다.

억균 역시 수색이란 미명 아래 호장이라는 녹록지 않은 한 인물의 일상사를 송두리째 들춰볼 수 있었다. 그렇다고 그가 거기에서 뭐 대단한 걸 건진 것 같지는 않다. 그저 그가 그 권력에 잠시 취해 있었다는 것뿐이다. 밀양이라는 조그만 고을의 아전이 비단이며 삼베며 홍옥 노리개를 가지고 있었다는 것쯤은 대단한 추문 축에도 못 끼는 일이며, 그것이 자동적으로 그의 부정不淨을 증명해주지도 않았다.

아전들의 집회소인 안일방에 대한 수색은 호장의 집을 들쑤셔놓는 일에 비하면 별로 흥미로운 일이 아니었다. 그때쯤이면 처음 수색에 나설 때의 흥분도 많이 가라앉아 있었다. 억균은 그곳에서 『밀양호장선생안密陽戶長先生案』을 비롯한 문서들을 압수할 수 있었다.

대결

재판은 객사 앞에서 열렸다. 조윤은 오랜만에 제대로 의관을 갖추고 높은 의자에 앉아 아래를 굽어보고 있었다. 그렇다고 조윤이 재판을 진행하는 것은 아니었다. 그는 그저 거기에서 다소 무료한 듯이 앉아 있는 게 고작이었다. 사건을 담당한 것이 억균이고 조윤으로서는 그 내용을 상세히 알 수 없었으므로 뭘 하고 싶어도 하기는 힘들었다.

마당에는 어사를 수행했던 사령들이 살벌한 기세로 열을 지어 위엄을 부여했다. 그들이 어사의 사소한 말 한마디에도 복창을 해대는 통에 객사 앞마당은 장바닥처럼 시끄러웠다. 마당에는 호장을 비롯하여 호장의 수하 통인과 아전 들이 줄줄이 끌려와 무릎을 꿇고 있었다. 호장은 지난밤에 억균에 의해 하옥되었고 나머지는 품속에 칼을 지니고 의관의 집에 찾아들었다가 잡혀온 자들이었다. 밀양 부사 이상사는 어사의 바로 아랫단에 선 채 허리를 숙이고 있었다.

억균은 아침나절 내내 계속된 추궁에 지쳤는지 다소 피로한 기색을 보이고 있었다.

"호장에게 묻겠소. 이 고을 퇴임 아전들이 모인다는 안일방에서 가져온 이 『밀양호장선생안』을 보니 대단합디다. 호장의 가문은 밀양에서만 벌써 팔 대째 호장과 이방 등 이른바 삼공형을 배출했더이다. 이뿐만 아니라 전임 이방과는 사촌이요, 지금의 형방과는 육촌 간이더이다. 면밀히 살펴보니 호장의 집안인 울산 박가와 경주 김가가 이 고을 아전을 돌아가며 해왔던데, 내 말이 틀리오?"

호장은 고개를 숙인 채 커다란 목소리로 낭랑하게 답했다.

"맞습니다요. 하온데 그게 어찌 되었단 말씀입니까요? 저희 가문에서 유독 많은 아전을 배출한 것은 외람된 말씀이오나 아마도 저희와 경주 김가들이 고을의 실정을 다른 어느 가문보다 더 익히 알고 있는 까닭일 뿐, 다른 까닭은 없을 줄로 압니다. 이런 사정은 다른 고을도 크게 다르지 않습니다요. 경주나 안동의 『호장선생안』도 다 거기서 거기일 것입니다."

그러자 부사가 옆에서 호장을 거들었다.

"그건 호장 말이 맞소이다. 어차피 수령이 모든 일을 다 할 수 없는 바에야 고을의 사정에 정통한 향리들이 필요한 법이고, 그러다 보면 누대에 걸쳐 관아의 일을 해온 집안에서 삼공형 등 주요한 아전들이 배출되는 것은 당연한 일이오."

억균은 그에 개의치 않고 호장을 몰아친다.

"이것이 감영에서 보내온 전임 부사 윤관의 전관 이윤식의 해유문서요. 여기 보면 호장네 울산 박씨 일가의 일이 상세하게 나와 있소. 호장도 모른다고 하지는 않으리라 보는데."

조윤이 눈짓으로 억균이 손에 들고 있는 해유문서를 가리키자 사령들이 그것을 받아다 어사에게 건네주었다. 어사는 눈을 찡그린 채 여기저기를 건성으로 뒤적거렸다.

"호장의 집안은 백성들의 구휼의 방편인 환곡을 이용, 돈놀이에 열중하고 군량미로 쓰여야 할 국둔전의 소출을 사사로이 유용하였소이다. 그런데 전임 수령의 인계서에는 낱낱이 적혀 있는 이 중대한 보고가 어찌된 일인지 후임 수령 윤관의 해유문서에는 모두 빠져 있습니다."

조윤은 건성으로 고개를 갸웃거렸으나 그다지 궁금해하는 기색은 아니었다.

"괴이하기는 하네. 본시 해유문서란 전임 수령이 재정에 관한 물목을 적어 후임 수령에게 인계서로 작성해주면 후임 수령은 마땅히 이를 조사하여 방백에게 보고하도록 되어 있는 게 아닌가."

조윤은 입맛을 쩝쩝 다시며 흘깃 이상사 쪽을 훑었다. 답변은 호장이 했다.

"그 일은 전임 부사 윤관 사또께서 다 갈무리하시어 없었던 일이 되었습니다. 하여 해유문서에는 기록될 필요가 없었습니다."

"다 해결되었다? 어떻게 해결하였소? 이윤식은 호장이 횡령한 재물은 호장에게 변상토록 하고 그것이 수월치 않으면 족징族徵을 통해서라도 거둬들여야 한다고 적어놓았는데, 호장네 집안에 갑자기 하늘에서 돈벼락이라도 내리었소?"

족징이란 아전들의 공금 유용이 발생했을 때, 이 책임을 개인에게 묻지 않고 그 집안 전체에 지워 그 일족 내에서 분배, 납부토록 강요하는 제도였다. 이는 자칫하면 한 집안의 몰락을 가져올 수도 있는 일이었으므로 이를 받아들일 수 없다는 청원문이 적지 않이 한양으로 올라오곤 하였다. 또 그렇게 파산한 집안은 다시 아전을 배출하기 힘들어지므로 이들은 결사적으로 이에 항거하곤 하였다.

"그런데 어찌되었소?"

어사의 심드렁한 질문에 억균은 기다렸다는 듯 자신 있게 대답하였다.

"헌데 그후에 부임한 윤관의 해유문서에는 이 문제가 한 줄도 기록되어 있지 않고 보시는 대로 호장은 그대로 이 자리에 머물러 있질 않습니까?"

호장이 고개를 들어 억균을 정면으로 쏘아보았다. 억균은 아주 잠시, 호장의 눈이 정상으로 돌아왔다고 느꼈다. 허나 호장이 눈을 아래로 내렸으므로 더이상은 볼 수 없었다.

"부사께서는 이 일을 알고 계시었소?"

어사가 이번에는 부사를 향해 물었다.

"알고 있었습니다."

"헌데 왜 아무런 조치도 취하지 않은 게요?"

"부임한 지 얼마 되지 않은데다 어사또께서도 아시다시피 아전에 대한 임면의 권한은 신임 부사에게 있지 아니하고 전임 부사에게 있습니다. 수령은 떠날 때에야 새로 아전을 임명하는 것이 관행이지 않습니까?"

"허나 이는 중대한 일이니 호장이 횡령한 바를 낱낱이 기록하여 이를 관찰사께 이내 보고하고 하명을 받도록 하시오."

부사가 고개를 숙이며 곧 시행하겠다고 하였다. 어사는 다시 억균 쪽을 돌아보며 물었다.

"이게 다인가?"

"더 있습니다."

억균은 김령을 불러 주머니 하나를 건네받았다. 그것을 펼치니 말린 벌레들이 있었다. 배는 까맣고 주둥이가 빼쭉했고 등딱지 위에는 검누른 반점들이 있었다.

"그게 무엔가?"

억균이 김령을 돌아보며 눈짓을 하자 그가 나서서 대답했다.

"가뢰입니다요. 반묘斑猫라고도 합지요. 지금 이것은 가뢰 중에서도 참가뢰라 하온데, 콩꽃이 필 때 콩잎 위에 많습니다요."

"난데없이 웬 벌레를 들이미는 겐가? 어디에 쓰는 겐가?"

"본시 약재로 쓰는 것입니다요. 이놈들을 잡아 날개와 다리를 떼어낸 후, 찹쌀과 같이 누렇게 되도록 볶아 가루 내어 쓰는 것입니다요."

"그래서?"

"이것을 약재로 쓸 때 조심해야 할 일이 있사옵니다. 이것은 약이지만 또한 독이옵니다. 하여 이를 조금만 많이 쓰게 되면 콩팥이 까맣게 타들어가며 사람을 죽게 만듭니다요. 비상보다 덜 알려졌다뿐이지, 더하면 더했지 약하지 않은 독입니다요."

"호오."

어사는 앞으로 다가서서 반묘를 뒤집어보며 흥미를 보였다. 그러는 동안, 억균은 수하를 시켜 검시에 참여했던 의원을 대령시켰다.

"이자가 급서한 두 수령의 검시를 맡았던 자입니다요."

의원은 불려오자 연신 호장과 이방을 번갈아 쳐다보며 불안해했다.

"소인은 아무것도 모릅니다요."

"네 이놈. 너는 그저 네가 본 것만 바른 대로 고하여라. 아니면 엄한 매를 치리라."

억균이 으름장을 놓았다. 그제야 의원은 조금씩 입을 열기 시작했다.

"소인이 불려갔을 때, 사또들께서는 이미 송장이 되셨사옵고 소인은 그저 간단히 살펴만 보았습니다요."

"사또께서 여역이시더냐?"

"아, 아니옵니다요. 여, 여역은 아니었습니다요. 안면이 까맣게 타고 구토하신 흔적이 입가에 있었습니다요. 하여, 소인은 분명코 여역은 아니라고 말씀드렸지만……"

그러면서 의원은 호장 쪽을 힐끔거렸다.

"그랬지만 저 호장이 여역이리라고 으름장을 놓았구나?"

이제 의원은 부들부들 떨고 있었다.

"어서 말하지 못할까. 다 알고 있느니라."

"맞습니다요. 저, 저 호장 어른이 첫번째 사또는 여역이라 했고 두번째 사또는 급환이라 했습니다요. 전날 술을 과하게 드시고 계집을 가까이하셔서 그렇다고 했습니다요. 소인도 이상하다고 생각은 했습니다만 호장께서 워낙 자신 있게 말씀하시기에…… 시신을 본 것도 아주 잠깐이었습니다요."

그러자 김령이 나서서 거들었다.

"저 의원의 말이 맞을 것입니다. 반묘로 인한 독살의 경우, 구토 말고는 밖으로 드러나는 증세는 거의 없습니다. 두 분 사또께서는 공히 구토한 흔적이 있었다 하오니 반묘를 복용했을 가능성이 있습니다. 가장 확실한 반묘 복용의 징후는 배를 갈라 콩팥을 보는 것이오나, 감히 사또들의 몸에 칼을 댈 수는 없으니 알 수 없는 노릇이긴 합니다."

"다른 방법은 없는가?"

"은수저를 목구멍 깊숙이 넣어보아 숟가락이 청회색으로 변하는지를 보는 방법이 있사옵고, 죽은 지 오래된 경우에도 더운 술찌끼와 식초로 시신을 덮어 열을 내서 위 속의 독물 기운이 올라오게 한 연후에 같은 방법으로 은수저를 사용하긴 하오나 이 둘은 모두 비상을 음독한 경우에만 효과가 있고 이번처럼 반묘 음독의 경우에는 별 효과가 없을 것입니다."

그러자 어사가 고개를 갸웃거렸다.

"그렇다면 반묘는 무슨 얘기인가? 저것만 가지고는 두 분의 전임 사또가 반묘로 독살되었다고 보기 힘들지 않은가?"

이에 억균이 답했다.

"저 호장의 집에서 다량의 반묘가 발견되었습니다. 또한 의원에게 반묘의 사용법에 대해 물어본 적도 있다고 합니다. 소생이 김령을 저 의원에게 보내자 다급해진 호장은 칼을 품은 제 수하들을 화급히 의원 집으로 보내기도 하였사옵니다. 이를 보면 전임 수령의 죽음과 호장과는 필연코 무슨 관계가 있을 것이옵니다."

어사는 호장 쪽을 돌아보며 소리를 질렀다. 아마 밀양에 온 후 처음 내어보는 큰소리였을 것이다.

"네 이놈. 바른 대로 대지 못할까. 네 무슨 일로 저토록 많은 반묘를 집에 두고 또 의원에게 그 사용법을 물은 것이냐?"

"소인은 그저 반묘가 몸에 좋다기에 콩밭에서 잡아놓았다가 가까이하던 저 의원에게 그 용법을 물어본 것뿐입니다요. 억울하옵니다요. 소인이 무엇 때문에 사또들을 해하겠습니까요? 환곡을 횡령한 죄는 있사오나 그것 또한 소인만의 죄는 아닙니다요. 이곳을 거쳐간 사또들치고 한 재산 마련해가지 않은 분이 없으셨습니다요. 그럼 그 뒤치다꺼리는 누가 합니까? 모두 저희 아전들이 해야 하는 것이옵니다요. 그러니 서운함이 있다면 떠나간 사또들께 있을 뿐, 새로 오시는 사또들께는 일 점의 원한도 있을 연유가 없습니다요."

호장의 목소리는 댓잎이 바람에 울듯 파르르 떨리고 있었다. 그러자 어사는 다시 억균 쪽으로 돌아섰다. 억균이 다시 나섰다.

"나리, 원한 때문이 아닙니다."

"그럼 무엇 때문인가?"

"시간이 필요했을 것입니다."

"무슨 시간?"

"제방을 쌓을 시간 말입니다."

"제방이라……"

"소생이 탐문해본 결과, 이 밀양 고을엔 지난해 가을 급작스런 물난리가 났습니다. 그때 수문의 관리를 소홀히 하여 제방이 무너지는 변고가 있었습니다. 이는 수령의 중대 과실이고 자칫 파직까지 당할 수 있는 사안이 아니겠습니까? 하여 전임 부사 윤관과 관속들은 부민들을 동원하여 그 제방을 다시 축조하고 있었다 합니다. 이 공사는 올봄까지는 완성을 볼 예정이었다 합니다."

"그런데?"

"윤관이 계속 밀양 부사로 있었다면 아무 문제가 없었을 것입니다. 조정에서도 감영에서도 이 사실을 모른 채 그냥 지나갔을 일이지요. 그런데 3월 보름이 되자 윤관이 갑자기 여식의 실종을 기화로 파임을 청하고 한양으로 떠나버립니다. 공사는 두 달이나 남아 있는 때에 말입니다. 후임 수령이 부임하여 해유문서를 올리면 번연히 수산제의 변고가 조정으로 알려질 텐데도 말입니다. 그리되면 중한 벌을 면치 못할 것을 그 역시 뻔히 알고 있었을 텐데 말입니다. 여식의 실종보다 수산제의 제방 축조가 더 시급하고 중대한 일이었는데 어째서 윤관은 그리도 황급히 밀양을 떠난 것일까, 이상하지 않습니까?"

"이상하기는 하네만, 그래서 어쨌다는 건가?"

어사는 코를 후벼내고 있었다. 억균은 호장 쪽을 일별한 후, 작심한 듯 힘을 주어 말했다.

"윤관은 분명 아랑의 죽음과 관련이 있습니다."

"오호?"

어사가 코를 후비다 말고, 거 별 희한한 소리를 다 듣겠다는 표정으로 억균을 내려다보았다. 동시에 객사 앞마당엔 낮은 수런거림이 번져갔다. 억균은 준비해둔 기생안을 어사에게 올렸다.

"아랑은 윤관의 딸이 아니라 첩이었습니다."

"오호."

어사는 장난기 섞인 감탄사를 내며 올려진 기생안을 건성으로 훑었다.

"그럼 기생이었나?"

"맞습니다. 그리고 저기 앉아 있는 저 호장의 딸년입니다."

어사는 무릎 꿇고 앉아 있는 호장을 심드렁한 얼굴로 흘낏 바라보았다.

"맞는가?"

어사가 물었다. 호장은 이글거리는 눈동자로 억균을 쏘아보고는 어사를 향해 내뱉듯이 말했다.

"맞습니다."

"그런데 왜 지금까지 아랑을 윤관의 딸이라 했던 것인가?"

"관기를 사사로이 첩으로 삼는 일이 법으로 금하는 일이기에 윤관은 아랑을 양녀로 삼아 가까이 두고 희롱했던 것입니다."

어사는, 오호라, 그런 방법도 있었구만, 하는 표정으로 억균을 바라보았다.

"그래서 누가 죽였다는 건가, 자네 말은?"

"윤관 아니면 저 호장, 둘 중의 하나입니다."

"점점 재밌어지는구만. 김부위가 그렇게 생각하는 이유는?"

어사는 카악 가래침을 의자 옆에 놓인 타구에 뱉어내었다.

"안국이는 아랑이를 겁탈할 필요도 이유도 없었습니다. 둘이는 이미 정분이 나 있는 연놈이었으니까 말입니다. 헌데 아랑이는 또한 윤관의 첩이었습니다. 첩이 관노놈과 놀아나는 꼴에 분격한 윤관, 혹은 그 아비 호장이 죽여버린 것임에 분명합니다."

객사 마당은 나비의 날갯짓소리까지 들릴 정도로 조용해졌다.

"천한 것들이란."

어사는 자신의 갈라진 손톱 끝을 이빨로 깨물어대었다.

"그러니까 얘기인즉 이렇게 되는 것입니다. 먼저 제방이 무너졌습니다. 윤관과 아전들은 이 사실을 감영이나 한양으로 알리지 아니하고 복구하기로 마음을 먹었습니다. 그렇게 일이 진행되던 중에 윤관 혹은 호장이 아랑이와 안국이의 관계를 알게 되었던 것입니다. 분격한 그들은 아랑이를 죽였고 안국이는 입을 막기 위해 옥에 가두었습니다. 당황한 윤관은 제방 축조 따위의 일은 다 내버려둔 채로 황급히 밀양땅을 떠났고, 남은 호장과 아전들은 그 뒤치다꺼리를 할 수밖에 없었습니다. 그런데 시간이 없었던 것입니다. 후임 수령이 내려오면 당장에 그 사실을 알게 될 것이고 그럼 호장을 비롯한 아전붙이들은 자리를 잃게 될 것이 불을 보듯 뻔했고, 그것은 호장 개인의 문제뿐 아니라 그 가문 전체의 몰락을 의미하는 것이었습니다.

그러니 이들은 이 반묘를 써서, 내려오는 후임 수령들을 쥐도 새도 모르게 살해했던 것입니다."

억균은 거칠게 숨을 몰아쉬었다. 얼굴도 붉게 상기되었다. 객사 마당은 고요했다. 그 고요를 깬 것은 이상사였다.

"이보시오, 김부위. 그것 참 재미난 이야기입니다. 아니 그렇습니까?"

좌중의 시선은 모두 이상사에게로 쏠려갔다. 억균도 돌연 튀어나온 이상사 쪽으로 몸을 틀었다.

"죽은 아랑이 나비가 되어 날아왔다는 이야기만큼이나 진진합니다. 그렇지만 온통 허점투성이의 엉성한 이야기입니다."

억균이 얼굴을 찌푸렸다. 반면 어사는 몸을 앞으로 굽혀 흥미를 갖고 있음을 드러냈다.

"흥미는 있소이만 그럼 소생은 무엇이오? 허수아비란 말이오? 안국이놈을 문초하여 자복을 받아낸 이는 김부위가 아니고 바로 소생인데, 그렇다면 소생이 지금 어사또의 안전에서 거짓을 고하고 있단 말이오?"

이상사는 전혀 흔들림이 없는 차분한 어조로 입가에는 옅은 웃음마저 띤 채로 억균을 공격해왔다.

"사또, 자복을 하자마자 죽었다니 이상하지 않소이까? 어쩌면 사또께서도 속고 계실지 모르오. 저 간교한 아전의 무리에게 말이오. 그들은 옥에 갇혀 있는 안국이놈을 을러댔을 것입니다. 형방쯤이 그랬겠지요. 이놈, 살고 싶으면 네가 죽였노라고 자복하여라. 그럼 우리가 손을 써 네놈을 살려주리라. 갓 부임한 사또는 영문도 모르고 형방이 데려온 안국이란 놈을 문초하여 자복을 받아내었으나 이놈은 그날 밤 옥에서 소리 없이 목숨줄이 끊겼을 것입니다."

부사는 껄껄 웃었다.

"그렇다면 나비는 어떻게 된 것이오?"

"사또가 둘이나 죽고 전임 사또의 수양딸과 관노가 죽었소. 잇따른 변고를 당하여 민심은 흉흉하기 그지없었소. 그걸 안정시키자니 이야기가 필요해졌던 게지요. 이 이야기 덕분에 사또는 중국소설에나 나올 법한 영웅호걸이 되었소. 귀신을 보고도 담대히 대적한 자, 그리고 그 원한을 풀어준 자. 이 아니 훌륭하오? 사또는 이 이야기가 마음에 들었소. 하여, 이 이야기에 살을 붙여 더 널리 퍼뜨렸던 것이오. 아니, 퍼져가게 내버려두었을지도 모르오. 사또는 애초에 부임하기 전에 이 고을에서 벌어진 일들의 전모를 알고 있었던 것 같소. 신임 부사가 둘이나 죽어나간 곳이니 미리 이것저것 알아보는 것이 인지상정일 테니까. 아니면 부임하자마자 알았을 수도 있소. 알면서도 이것을 약점으로 잡아 안으로는 골치 아픈 아전들을 휘어잡고 밖으로는 백성들의 흠모를 받을 요량이었소. 아닙니까?"

"김부위, 정말 대단하십니다. 부위께서는 의금부의 낭관이라기보다는 재담꾼이라 해야 바르겠습니다. 허나, 그 이야기만으로는 제 털끝 한 자락도 건드릴 수 없겠소이다."

"그럴까요?"

"보시오. 윤관 혹은 호장이 아랑을 죽였다 하나 아무 증거가 없소이다. 가지고 계시오이까? 없지요? 그럼 저기 앉아 있는 호장을 매질한다면 자복을 받아낼 수 있겠습니까? 뭐 그럴 수도 있겠습니다. 그렇다면 해보시지요. 어사또, 어찌하시겠습니까?"

어사는 손을 내저었다.

"그럼, 전임 부사 윤관의 일은 어떻습니까? 그걸 밝히자면 윤관을 잡아다 국문을 해봐야겠지요. 사대부를 별 증거도 없이 잡아다 족치기는 어려울 겝니다. 그가 분김에 아랑을 죽였다 해도 석연치는 않소이다. 저라면 남아서 모든 일을 마무리하고 천천히 이곳을 떴을 것입니다. 좋소이다. 윤관이 제 손으로 아랑을 죽이고 아전들과 거래를 했다고 쳐봅시다. 족징 건이 무마되어 호장의 가문이 구원을 받은 것은 사실이니까. 허나 거래를 했다고 해도 두 신임 부사가 그들 손에 죽었다고 보기는 힘들 겝니다. 호장의 집에서 반묘가 나왔다 하나 그것은 약재의 하나이고, 호장의 집안에서도 의원이 배출된 것으로 보아 이상하다고만 볼 일은 아니지요. 급서한 수령들이 구토를 했다고는 하나 토악질은 병자에겐 흔한 일, 딱히 반묘 때문이라고 볼 수는 없겠지요. 그걸 밝히자면 무덤에서 수령들의 시신을 꺼내어 배를 갈라보는 수밖에는 없다지요? 이미 그들의 주검은 진토된지 오랠 것이니 그것도 안 될 것입니다. 차라리 아랑의 원혼이 두 수령을 해하고 나비가 되어 죄인을 밝혔다는 얘기가 훨씬 더 그럴듯하지 않소이까?"

"그러나, 두 수령의 죽음에는 분명한 의혹이 있소이다. 그들이 최소한 여역 등으로 죽은 것이 아니라는 것은 이제 명명백백해졌소이다."

억균이 항변했다.

"그렇다면 이것 한 가지만 답해주시지요. 제가 무엇 때문에 아랑의 시체를 파내어 장사를 지내고 안국이라는 놈을 잡아 문초를 했겠습니까? 저로서는 그냥 모든 일을 묻어두면 좋았을 것을 말입니다. 제가 영웅이 되어 민심을 사로잡아보려구요? 밀양땅에서 무슨 민란이라도 일어났다면 모를까, 굳이 그런 평지풍파를 자초하여 일개 수령에 불과한 제가 무슨 큰 덕을 보겠습니까? 안 그렇습니까?"

"그 자세한 내막이야 부사께서 잘 아시겠지요."

어사는 상투 뒤꼭지 쪽을 손으로 벅벅 긁고 있다가 억균에게 물었다.

"김부위, 그게 전부인가? 더는 없는가?"

억균은 딱히 답할 말을 찾지 못하고 멍하니 서 있었다. 그러다가 다시 어사의 재촉을 받자 답하여 말했다.

"어사또, 조금만 시간을 더 주시면……"

어사는 돌연 벽력 같은 소리를 질러 억균을 제압했다.

"네 이놈, 어디서 헛소리냐. 내가 팔도 유람을 하러 다니는 줄 아느냐. 여봐라, 이놈을 묶고 장 오십 대에 처하라."

갑자기 벌어진 상황 전개에 억균의 낯빛이 사색으로 변했다. 장 오십 대면 생과 사를 왔다갔다할 수 있었다.

나졸들이 우르르 달려들어 억균을 장틀에 올려놓고는 단단히 묶었다.

"어사또, 왜 이러십니까?"

어사또는 상투 뒤꼭지를 긁어대며 묶여 있는 억균을 재미있다는 듯 지그시 내려다보며 말했다.

"네 죄를 지금 일러줄 터이니 잊어버리지 말아라. 첫째, 요설로써 민심을 흉흉하게 한 죄. 둘째, 근거 없는 망발로 백성들의 아비인 수령을 능멸하고 그의 직무수행에 해악을 끼친 죄. 셋째, 뚜렷한 증거도 없이 여러 백성을 무고한 죄. 넷째, 어명을 받아 움직이는 자로서 경망되게 행동함으로써 주상께 누를 끼친 죄이다. 알겠느냐?"

"그렇다 해도 수산제의 제방이 붕괴된 것을 알고도 조정에 알리지 않은 수령과 아전의 죄보다 제 죄가 더 무겁다고는 하지 못하실 것입니다. 소생이 아니었다면 국고를 축낸 이 죄상은 밝혀지지 않았을 것입니다. 그뿐만 아니라 아랑이 사또의 여식이었노라고 거짓 보고한 수령의 죄는 어찌 묻지 않으십니까?"

"수산제를 소홀히 관리한 죄를 밝혀낸 것 덕택에 이 정도로 끝나는 줄 알아야 하느니라. 그 죄를 저지른 수령은 따로 있으니 한양에 올라가 주상께 고해 올릴 것이다. 그러니 걱정하지 않아도 된다. 아랑이 여식이었는지 첩년이었는지는 내 알 바도 아니거니와 별로 중요한 문제도 아니다. 네 얘기를 듣자하니 네가 아직 네 죄를 잘 모르는 모양이구나. 얘들아, 어서 쳐라."

첫번째 장에 옷이 찢어졌다. 두번째 장에 살갗이 벗겨졌고 다섯번째부터 피가 튀었다. 스무번째에 이르자 살점이 떨어져나갔다. 스물여덟 대에 이르자 억균은 혼절하고 말았다. 어사는 거기서 멈추었다.

"됐다. 멈춰라."

어사는 콧노래를 흥얼거리며 방으로 들어가다가 문득 생각난 듯 돌아서서 다시 지시를 내렸다.

"저 호장놈은 당장 파직하고 연전에 유야무야되었던 족징건은 다시 집행하라. 그의 일족이 가진 전답과 가옥까지 모두 포함시켜 철저히 거둬들이고, 그것으로 부족하면 일족을 관노로 삼도록 하라."

"어사또 나리, 억울합니다요."

호장이 울부짖었다.

"그것은 소인의 죄가 아니라 썩어빠진 전임 수령들의 죄이옵니다요. 그것을 어찌 소인과 소인의 일족이 다 져야 합니까요. 부당하옵니다."

"시끄럽다. 저놈에게 장 백 대를 내려라. 내가 점심상을 물려 내놓기 전까지 집행하고 홍살문 밖에 던져버려라."

"차라리 소인의 목을 치십시오."

호장이 묶인 채로 일어나 비틀거리며 어사에게 다가가려 했으나 나졸들이 창으로 찍어눌러 쓰러뜨렸다.

어사의 눈매가 날카롭게 객사 마당을 훑었다. 모두가 머리를 조아리며 눈에 띄지 않으려 애썼다. 어사의 눈길이 반묘를 들고 있는 의원에게 향했다.

"저놈은 장 열 대에 처하라. 네놈의 죄는 성실하게 검시를 하지 않은 죄이니라."

어사의 눈길은 이상사에게 머물렀다. 어사는 한참을 골똘하게 이상사를 노려보더니 말했다.

"자네는 나를 따라오게. 밥은 먹어야 할 게 아닌가. 어, 배고프다."

어사는 몸을 돌려 방으로 들어가버렸고 객사 마당엔 안도의 한숨 소리가 흘렀다. 그때였다. 바닥에 쓰러져 있던 호장이 머리를 치켜들며 악에 받친 목소리로 어사를 불러세웠다.

"어사또, 아랑이를 죽인 것은 윤관입니다요."

호장은 이를 앙다물고 다시 한번 악을 썼다.

"윤관 사또가 아랑이를 죽였습니다. 소인이 이 두 눈으로 똑똑히 보았습니다, 어사또."

어사는 무심한 얼굴로 호장을 돌아보았다.

"늙은 놈이 죽으려고 발악을 하는구나. 그렇게도 죽고 싶으냐?"

"제가, 제 손으로 가슴에 칼이 꽂힌 제 딸년을 묻었습니다. 믿어주십시오, 어사또."

호장은 힘에 겨운 듯 치켜든 얼굴을 다시 땅바닥에 박았다. 어사또가 눈짓을 하자 나졸들이 호장을 일으켜세웠다.

"네놈의 말이 거짓이라면 네놈의 목을 여기에서 당장 매달 것이니라."

어사의 말에 호장은 분연한 얼굴로 외쳤다.

"어차피 소인은 죽은 목숨, 뭣하러 거짓을 아뢰겠습니까?"

호장은 묶인 채로 몸을 뒤채 뒤를 돌아보았다. 그러고는 몇몇 아전들을 불렀다. 그들은 낯빛이 하얗게 질렸다.

"모두 앞으로 나와 사실대로 고하라."

호장의 호령에 그들은 쭈뼛거리며 나와 모두 어사 앞에 무릎을 꿇었다. 그들은 윤관의 죄와 사체 유기과정을 낱낱이 말하지 않을 수 없었다. 어사는 다시 의자에 앉아 그들의 얘기를 들었다. 그것은 억균의 추리와 거의 일치했다. 윤관은 질투심에 사로잡혀 안국과 밀회 중이던 아랑의 머리채를 그러잡고 내아로 끌고 가 거기서 칼로 찔러 죽이고 아전들을 불러 그 뒤처리를 맡긴 것이었다. 그러나 불행히도 억균은 이런 사태의 반전을 알 수 없었다. 이미 혼절해 실려나갔기 때문이었다.

그렇다면 호장은 어쩌자고 이런 사실을 모두 실토한 것일까? 그것은 일종의 거래라고 봐야 옳을 것이다. 호장이 이 모든 것을 밝혀버린다 해도 자신에게 이미 내려진 장 백 대의 처벌을 피할 수 없었다. 그러나 족징만큼은 막을 수 있을 것으로 생각했던 것이다. 누대에 걸쳐 삼공형을 배출해온 가문의 맥을 자신의 대에서 끊어지도록 놓아둘 수는 없었다. 한 가문의 수장으로서 씻을 수 없는 죄였다.

그런 만큼 호장은 필사적이었다. 어사가 그의 가문에 내려진 족징을 철회할 가능성은 적었다. 그러나 단 한 가닥의 가능성만 있었어도 그는 거기에 매달렸을 것이다. 이 모험이 실패한다면 그의 가문은 앞으로 아전직을 배출할 수 없음은 물론, 당장에 소작농이나 관노로 지위가 떨어질 것이 뻔했다. 토지며 가옥을 모두 빼앗긴 상태에서 할 수 있는 일이라고는 그것밖에 없었으니 말이다.

어사는 이 달콤한 권력의 맛을 오래도록 누리고 싶어하는 듯, 빙글빙글 웃으며 호장과 그의 일족 아전들이 하는 말을 아무 말 없이 오래도록 듣고 있었다. 그들은 어사의 그런 침묵에 몸이 달아 하지 않아도 좋을 상세한 얘기까지 앞다투어 내뱉고 있었다.

어사는 질문을 던졌다.

"그렇다면……"

어사는 이상사 쪽을 힐끗 쳐다보고는 호장에게 물었다.

"지금의 이부사도 이 모든 걸 알고 있었단 말인가?"

호장도 이상사 쪽을 쳐다보았다. 둘의 눈이 마주쳤다. 이상사는 덤덤한 기색으로 호장의 눈을 응시했다. 그의 굽은 등이 더 굽어 보였다.

"몰랐을 것입니다요."

"오호."

어사가 계속 빙글거렸다.

"신관 사또께서 오시기 전에 이미 저희끼리는 입을 다 맞추었고 안국이놈도 윽박질러놓았습니다요. 굳이 신관 사또께는 알릴 필요가 없었습니다."

"그럼, 그전의 두 부사는 자네가 죽였겠구만."

호장은 머리를 떨궜다.

"죽여주십시오. 어쩔 수 없었습니다. 윤관 사또가 그렇게 떠나버리는 바람에 저로서도 어쩔 수 없었습니다. 그리고 그 일만큼은 저 혼자 행한 일입니다. 저들은 그저 제 명을 따랐을 뿐, 아무 죄도 없습니다. 어서 제 목을 치시옵소서."

호장의 눈이 이글거리면서 불타올랐다.

"어사또, 소인 황천에 가서도 어사또 나리의 은혜를 잊지 않겠습니다. 어서 죽여주십시오."

어사가 베풀 수 있는 은혜가 무엇을 의미하는지는 조윤도 잘 알고 있었을 것이다. 호장을 죽이면 족징의 근거도 약해진다. 이미 당사자가 죽고 없으니 말이다. 어사가 그 달콤한 선택의 순간을 기다리고 있을 때, 돌연 이상사가 앞으로 나섰다.

"어사또, 이 모든 일이 제가 불충한 탓입니다. 제게도 벌을 내려주십시오. 소생은 이런 줄도 모르고……"

"그게 어찌 이부사의 탓이겠소. 이 불충하고 간악한 아전배들의 죄지. 이들은 감히 나라에서 내려보낸 수령을 둘이나 해하고도 태연히 입을 맞추어 이부사와 나를 속여넘겼소. 이들의 죄상을 듣고 보니 이부사가 살아남은 게 다행이오. 아니 그렇소?"

조윤은 다정하게 이부사의 어깨를 두드리고는 다시 호령을 했다.

"오냐, 네놈 뜻대로 해주마. 호장은 장 백 대를 치고, 그래도 죽지 않거든 목을 베어 매달도록 하라. 호장의 명에 따라 아랑의 시신을 묻은 놈들에게도 장 삼십 대를 친 연후에 관아 밖에 내다버리고 이후엔 관아 근처에 얼씬도 하지 못하게 하라. 호장의 집은 불태워 없애고 앞으로도 그 터엔 집을 짓지 못하게 하며, 족징은 그 집을 제외한 일족의 모든 전답과 가옥을 대상으로 집행하라. 신관 사또는 이 모든 것을 기록하여 후임 사또들에게도 남겨 이들이 앞으로도 망령된 흉계를 꾸미지 못하도록 하라. 김부위는 이들의 죄를 밝히는 데 조금이나마 기여한 바가 있으므로 더이상의 죄를 묻지 않겠으며, 나머지 죄인들에 대해서는 말한 대로 행하라."

"으아아악."

어사의 말이 채 끝나기도 전에 날카로운 비명소리가 관아의 공기를 찢어놓았다. 오라에 묶인 채 앉아 있던 호장이 비틀거리며 일어나 대청마루에 앉아 있는 어사를 향해 돌진해 들어갔다. 그러나 오래 묶여 있던 그는 몸을 제대로 가누지 못한 채 댓돌에 걸려 넘어지고 말았고 그런 그의 등으로 창과 칼이 날아들었다. 그는 조윤의 코앞에서 울컥울컥 피를 토하며 말했다.

"죽일 놈들."

조윤은 호장에게 다가가 그의 등에 꽂힌 창을 천천히 뽑은 후에 그것으로 그의 허벅지를 깊숙이 찔러 후비고 그 창을 다시 나졸에게 돌려주며 말했다.

"장 백 대. 즉시 집행하라. 아, 그리고 이부사, 이러다가 때 놓치겠소. 뱃속에서 난리요."

호장의 몸에서는 검은 피가 쿨럭쿨럭거리며 흘러나와 댓돌을 적셨다. 대청마루 밑에서 털 빠진 개 한 마리가 기어나와 킁킁거리며 피냄새를 맡았다. 그 개는 혀를 내밀고 피를 토하는 호장의 입가를 핥아보려는 참에 나졸들이 창을 휘두르자 다시 마루 밑으로 꼬리를 감추고 들어가 으르렁거렸다. 어사는 방으로 들어가버렸다. 피투성이가 된 호장의 몸은 장틀 위에 올려졌고 이어 백 대의 장을 내리치는 요란한 소리가 들렸다. 그러나 신음소리는 들리지 않았다. 어쩌면 호장은 벌써 절명을 했는지도 몰랐다. 그리고 그뒤를 이어 날카로운 비명소리와 함께 호장의 수하들이 형을 치렀다. 조윤은 상에 올려진 굴비를 맛나게 발라먹고 있었다.

마지막 대화

다음날 억균이 억지로 몸을 추스르고 일어났을 때, 어사 일행은 이미 떠나고 없었다. 소리쳐 사람을 불러보았지만 억균의 수발을 드는 사람은 아무도 없었다. 억균은 멍하니 누워 지난 며칠간의 일을 생각하고 있었다. 그렇게 얼마를 누워 있었을까. 바깥이 소란스러워졌다. 북소리가 나는 걸로 봐서는 높은 사람의 행차가 분명했다. 사또쯤 되겠지. 억균은 억지로 몸을 일으켰다.

"일어나지 마십시오."

예상대로였다. 사또는 천천히 방으로 들어와 수하들을 물린 후에 억균의 곁에 앉았다.

"몸이 좀 어떠십니까?"

"보시는 대로지요."

억균의 말투에는 어쩔 수 없는 불편함이 배어났다.

"어사또께서는 어디 계십니까?"

"벌써 떠나셨소."

그냥 가버렸구나. 조윤에게 애착을 느끼고 있었던 것은 아니지만 그래도 버려졌다는 느낌은 지울 수가 없었다.

"저에 대해서는 별말씀이 없으셨습니까?"

이상사는 고개를 저었다. 억균은 애써 웃었다.

"호장은 어찌 됐습니까?"

"죽었습니다."

억균의 가슴 한켠이 저릿해져왔다. 참 이상하기도 하지. 호장을 단죄하는 처지에 있을 때와는 달랐다. 자신이라고 호장과 별로 다를 바 있겠냐는 생각에 억균은 씁쓸했다.

"억울하십니까?"

억균은 이를 꾹 다물고 대꾸하지 않았다. 허리 쪽으로 칼로 쑤시는 듯한 통증이 밀려왔다.

"제가 의원을 붙여놓았으니 여기서 푹 쉬시다가 한양으로 올라가시지요."

이상사가 자리에서 일어나고 있었다.

"이보시오, 사또."

이상사는 몸을 일으키려다가 다시 주저앉았다.

"왜 그러십니까?"

"나는 이제 한양으로 돌아가봐야 개똥만도 못한 신세가 될 것임에 틀림없소이다. 어사또를 수행하는 자가 이렇게 내침을 당했으니 의금부로 돌아가봐야 삭탈관직밖에 더 기다리겠소이까?"

"뭐 이깟 일로 그러기야 하겠습니까?"

"이것만큼은 꼭 묻고 싶었습니다. 송장이 되도록 뱃속에 넣어둘 테니 부디 답을 해주시오."

이상사가 빙긋이 웃었다.

"사또는 알고 있었소이까?"

"소생은 김부위를 믿습니다. 그러나 이것은 믿고 안 믿고의 문제가 아닙니다. 아무 말도 해드릴 수가 없습니다. 제가 지금 무슨 말을 하더라도 그 말에는 아무 의미가 없을 겁니다. 어제 객사에서 김부위께서는 훌륭한 이야기를 만들어냈습니다. 제게도 나름의 이야기가 있겠구요. 어사또께서도 그림을 가지고 계시겠지요. 관아의 담장을 넘어가면 또다른 이야기가 만들어질 겁니다. 수산제가 무너진 것도 사실이고 사또들이 돌아가신 것도 사실이고 아랑이가 죽은 것도 사실입니다. 그러나 호장과 그의 딸 아랑과 안국이, 그리고 윤관 사이에 벌어진 일에 대해선 아무도 모릅니다. 그중 셋은 죽었고 전임 사또는 행적이 묘연합니다. 후세는 아마도 이 일을 잊어버리거나 아니면 전혀 다르게 기록할 수도 있을 겁니다."

"귀신이 나비가 돼서 관노의 머리 위에 앉았느니 어쩌느니 하겠지요."

"그러나 이것만은 말씀드릴 수 있습니다."

이상사는 억균 쪽으로 다가앉았다.

"소생은 분명 아랑이를 만났습니다."

"그걸 절더러 믿으라는 말씀입니까?"

"밀양에서 삼십 리쯤 떨어진 곳에서 묵을 때였습니다. 그날, 달이 밝았습니다. 주막에서 술동이를 하나 얻어다가 방에 들여놓고 한참을 들이켜고 있었는데 난데없이 어린 처자가 가슴에 칼을 꽂은 채로 피를 철철 흘리면서 나타나지 뭐겠습니까? 그다음은 김부위도 들어서 아실 겝니다. 그 귀신의 신세한탄을 다 듣고는, 그것 참 기구하다, 너 참 안됐구나, 내 잘 알았으니 이제 돌아가거라, 그랬더니 귀신이 큰절을 하고는 물러갔습니다. 그것 참 괴이한 일이로다, 하는데 어디선가 새벽닭이 울지 뭐겠습니까? 웬 새벽닭이 이리도 빨리 우는가, 싶어 나가려는데 그만 퍼뜩 눈이 떠지는 게 아니겠습니까?"

"그럼 주무시고 계셨단 말씀입니까?"

"그렇지요. 꿈이었습니다. 옆에는 먹던 술동이가 그대로 있고 어느새 저는 새벽이 될 때까지 자고 있었더란 말이지요."

"그 귀신이 누가 저를 죽였다고 하더이까?"

억균이 비아냥에 가까운 말투로 묻자 이상사는 껄껄 웃으며 답했다.

"김부위 꿈에도 한번 찾아올 겝니다. 이리도 애타게 기다리시니."

"저를 놀리시는 겝니까?"

"아닙니다. 몸조리 잘하십시오."

이상사는 옷자락을 펄럭이며 자리에서 일어나 호탕하게 웃으며 밖으로 나갔다. 그게 억균과 이상사의 마지막 만남이었다.

『정옥낭자전』에는 억균의 이후 행적에 대해서는 거의 기록되어 있지 않다. 그저 한 달포쯤 쉰 후에 쓸쓸히 밀양땅을 떠나 한양으로 올라갔노라고만 적혀 있다. 그후로 억균이 계속 관직을 가지고 있었는지는 확실치 않다. 그가 아랑을 만났는지도 우리로서는 전혀 알 수 없는 일이다.

선운사에서

동백을 보자고 떠난 선운사에서였으니까 딱 이 년 하고도 두 달 전의 일이다. 양력으로 3월 말이었는데 동백은 곧 피어날 태세였을 뿐, 망울을 터뜨린 것은 아니었다. 동백이 그 지경이었으니 다른 꽃이야 말할 것도 없었다. 그런데 나비가 있었다. 꽃도 없는 시절의 나비라니. 처음엔 무심히 바라보다가 날짜를 짚어보고 나서야 걸음을 멈추고 그 나비의 행방을 열심히 좇았다. 나비는 만세루를 타넘고 대웅전 앞 백송 근처에서 까빡 어른거리더니 너풀너풀 내 쪽으로 날아왔다. 흰 날개에 검은색의 날개맥들이 뻗어 있는 큰줄흰나비였다. 얼른 가방 속의 카메라를 꺼내 그놈이 있던 방향으로 렌즈를 겨냥했지만 보이지 않았다. 뷰파인더를 눈에서 떼자 내 머리꼭지 주위를 배배 돌며 선회하는 모습이 잡혔다. 미동도 하지 않고 멈춰서 나비의 움직임을 몸으로 느껴보려 애썼다. 문득, 어느 순간 그 미물의 미세한 펄럭임이 전혀 감지되지 않았다. 감각을 집중하고 호흡을 가다듬자 정수리 부근에서부터 드라이아이스처럼 차가운 기운이 서서히 뻗쳐내려오는 것 같았다. 나도 모르게 부르르 몸을 떨고야 말았을 때, 나는 아차 싶어 머리를 젖히며 주위를 살폈다. 이런, 나비는 없었다. 나는 눈부신 봄날의 햇살로 가득한 대웅전 앞마당에서 나비의 흔적을 좇아 제자리에서 맴을 돌았다. 나비가 정말, 있기는 있었던 걸까. 그러느라 바라본 만세루의 나무기둥들이 유난히 더 굽어 보였다.

다음날, 선운장에서 나물반찬에 된장찌개로 된 간소한 아침을 먹고 선운사 쪽으로 산책을 나갔다. 선운사 초입엔 다른 절보다는 덜하지만 약초니 불상이니 하는 걸 파는 상점들이 늘어서 있다. 심심풀이 삼아 쓰윽 훑으며 지나치다가 덜컥 눈을 붙잡는 것이 있어 걸음을 멈추어야 했다. 나비였다. 박제. 몇 마리의 나비를 핀으로 꽂아 그것을 조악한 유리상자에 담아놓은 것이었다. 살생을 금하는 불가의 도량 앞에 이게 무슨 일인가. 우선은 그게 놀라웠다. 게다가 그 상자 안의 나비 중 한 마리는 의심할 바 없는 큰줄흰나비였다. 아직 나비는 날아오지 않았을 때였으니 이 나비들은 그 전해에야 수집되었을 것이다. 아니면, 어제의 그 나비?

어쩐지 측은한 마음에 찬찬히 들여다보려는 참에야 나비를 파는 이의 행색이 눈에 띄었다. 나이는 열대여섯쯤 됐을까? 머리를 길게 길러 하나로 땋은 여자아이였다. 예전에야 흔했지만 요즘엔 그 나이에 그런 머리카락을 지닌 아이가 드물다. 볼이 통통하면서 발그레했고 눈꼬리는 가늘고 길었다.

"이거 얼마니?" 쳐다보고 있기도 머쓱해 툭 던져보니, "좀 비싸요"라는 쌀쌀맞은 대답이 돌아왔다. 나비 박제 같은 것을 살 생각은 원래 없었던 터라 바로 발길을 돌렸다. 대웅전에 가 절하고 약수 한 사발 마시고 바위에 걸터앉아 있노라니 마음 한구석이 서늘했다.

날씨가 좋으면 서해가 보인다는 야트막한 선운산에 올랐다가 내려오는 길에 다시 그 절간 초입을 지나쳤다. 둥굴레차와 오미자차 등속을 파는 가게들 어디쯤엔가 그애가 있었던 듯한데 도통 눈에 띄지 않았다. 다시 거슬러올라가봐도 마찬가지였다. 홀연 아무 자취도 남기지 않고 사라져버렸다. 전날의 큰줄흰나비처럼.

* 본문 속에 인용된 『정옥낭자전』은 작가가 지어낸 가공의 책이며 『왕조실록』의 일부는 작가가 지어낸 허구다.

도움받은 책과 논문

『관아 이야기』, 안길정 지음, 사계절, 2000.

『역사신문』, 역사신문편찬위원회 지음, 사계절, 2000.

『우리 나비 백가지』, 김정환 지음, 현암사, 1992.

「이해조 소설연구」, 김주영 지음, 연세대 국문과 석사학위 논문, 1995.

『임꺽정』, 홍명희 지음, 사계절, 1985.

『조선시대 생활사』, 한국고문서학회 지음, 역사비평사, 1996.

『주해 청구야담』, 최웅 지음, 국학자료원, 1996.

『한국문학대사전』, 교육출판공사, 1981.

『한국 민중의 문학』, 정하영 지음, 박이정, 1999.

『한국사 이야기』, 이이화 지음, 한길사, 2000.

『한국의 전설』, 박영준 지음, 한국문화도서출판사, 1972.

『혈의 누/은세계』, 이인직 지음, 범우사, 1993.

개정판을 내며

흰 바탕에 '선영아 사랑해'라는 글자만 적혀 있는, 영문을 알 수 없는 포스터와 플래카드가 시내 곳곳에 걸려 있던 때는 새로운 천년이 시작된다고 호들갑을 떨던 2000년 3월 무렵이었다. 모두가 두려워하던 전 지구적 재난은 일어나지 않았고 사랑 고백 포스터를 둘러싼 온갖 로맨틱한 추측만 난무했다. 맥빠지게도 이는 마이클럽이라는 인터넷 서비스의 티저 광고였다. 꽤 화제를 모으며 시작했지만 언제부터인가 주변에 이용한다는 사람이 하나도 없어 오래전에 폐쇄된 것은 아닌가 궁금했는데, 오랜만에 사이트에 들어가보니 놀랍게도 2020년 4월 14일부로 서비스를 종료한다는 안내가 떠 있었다. 그래도 20년이나 서비스가 유지되고 있었다는 게 조금 놀라웠다. 한 인터넷 업체의 생몰에 대해 이렇게 쓰고 있는 이유는 이 업체가 『아랑은 왜』의 탄생과 관련이 있어서이다.

마이클럽은 등단 6년 차의 신인작가였던 내게 소설을 연재해달라는 청탁을 해왔다. 1998년에 계간 『동서문학』에 중편으로 실었던 『아랑은 왜 나비가 되었나』를 장편으로 새롭게 써보겠다고 했더니 흔쾌히 동의했다. 장편으로 바뀌면서 제목도 『아랑은 왜』로 바꾸었다. 제목뿐 아니라 내용도 크게 달라졌다. 중편에서는 조선시대를 배경으로 한 추리물에 가까웠는데, 마이클럽 연재에서는 아랑 전설과 현대 이야기가 날줄과 씨줄처럼 엮이면서 포스트모던한 소설로 변모했다. 『정옥낭자전』이라는 허구의 텍스트를 중심으로 아랑 전설을 여러 방향으로 재해석한다는 내용은 달라지지 않았으나 마이클럽판에서는 이야기가 만들어지는 과정에 대한 이야기에 더 방점이 찍혔다. 아랑 전설과 밀양의 관아, 팻 메시니와 홍대 앞 카페, 미용실이 함께 어우러지는 실험적인 소설로 재구성된 것이다.

다음 해인 2001년에 이 소설은 문학과지성사에서 단행본으로 출간되었다. 그러다 2010년부터는 문학동네로 출판사를 옮겨 출간되었다. 발행처만 바뀌었지 내용은 바뀐 게 거의 없었다(고 나는 지난 10년간 생각해왔다). 그런데 이번에 복복서가판으로 새로 출간하면서 다시 읽어보니 문학동네판에서는 매우 중요한 부분이 누락돼 있었다. 문학과지성사판에서는 소설의 본문이 끝나면 바로 '도움받은 책과 논문'이라는 부분이 나온다. 많은 독자들이 무심히 지나치는 이 부분은 큰 반전을 감추고 있는 핵심적인 장치라고 할 수 있었다. 왜냐하면 '소설에 인용된 『왕조실록』의 일부와 『정옥낭자전』은 작가가 지어낸 허구다'라는 문장이 거기 있기 때문이다. 문학과지성사판 『아랑은 왜』는 어떻게 이야기가 생겨나고 퍼져나가는가를 보여주면서, 동시에 현대 작가들은 전설과 같은 글감을 어떻게 새롭게 재구성할 수 있는가를 제시하도록 짜인 소설인데, 소설의 본문만 읽으면 마치 『정옥낭자전』이라는, 헌책방에서 우연히 구하게 된 딱지본 고소설로부터 영감을 얻어 이 모든 이야기가 진행되는 것처럼 쓰여 있었다. 하지만 소설이 끝났다고 생각한 순간 『정옥낭자전』과 『왕조실록』의 일부까지도 허구임이 드러나면서 독자들은 지금까지 일종의 이야기 만들기 체험처럼 보였던 소설을 전혀 다른 방식으로 되짚어볼 수 있었다. 그런데 무슨 이유에선지 문학동네판에서는 그 부분이 편집 과정에서 빠졌고, 그 때문에 소설은 그야말로 『정옥낭자전』이라는 실존하는 텍스트를 기반으로 쓰인 것처럼 되어버렸던 것이다. 뿐만 아니라 책 뒤표지에 마치 본문에서 인용한 문장처럼 실어놓았던 '작가의 말'도 함께 사라졌다.

세월이 지나면 아랑 전설을 새롭게 쓰는 이 기획을 이어갈 누군가가 분명히 나타날 것이다. 그러나 그도 결코 이 이야기를 완성하지는 못할 것이다. 그 옛날 아랑 전설을 만들어 퍼뜨리던 이야기꾼들처럼 나도 그리고 그도 하나의 징검다리에 불과하니까. 그게 이야기를 만드는 자들의 운명이다. 우리는 가끔 우리가 이야기의 주인이라고 착각하지만 이야기의 주인은 이야기다. 그들이 우리의 몸을 빌려 자신들의 유전자를 실어나르고 있는 것이다.

아마도 당시 리처드 도킨스의 밈meme 개념에 영향을 받아 썼음직한 이 '작가의 말'이 문학동네판에서 사라진 것은 『정옥낭자전』이 허구의 책이었다는 부분이 빠진 것에 비하면 큰일은 아니었지만 역시 작가로서 기대했던 책의 완성도는 아무래도 떨어질 수밖에 없었다. 책 전체가 여러 겹의 수수께끼로 이루어진 텍스트였기를 바랐으나 핵심적인 퍼즐이 빠져버린 것이다. 당시 해외에 체류하고 있어 편집자들과 소통이 원활하지 못했고, 교정지도 받아보지 못해 놓쳤던 것 같다. 너무 늦게 발견하게 되어 지난 10년간 『아랑은 왜』를 문학동네판으로 읽은 독자들에게 죄송한 마음뿐이다. 저자로서 좀더 꼼꼼하게 책을 살피지 못한 것에 이제라도 사과를 드린다.

복복서가판에서는 이런 누락들을 바로잡았다. 그런데 더 중요한 변화는 따로 있다. 이야기의 흐름을 좀더 매끄럽게 다듬고 16세기에 일어나는 사건들에 초점을 맞췄다. 근대적 의미의 탐정이 조선의 16세기를 배경으로 활동한다는 발상과 소설 쓰기에 관한 소설이라는 또 하나의 발상이 유기적으로 이어졌으면 하는 바람에서였다.

어디선가 전설이 만들어지고 그게 수많은 이름 없는 '작가'들에 의해 새롭게 창작되면서 널리 퍼진다는 게 『아랑은 왜』의 내용인데, 그 내용만큼이나 소설 자체도 여러 변화를 겪으며 지금에 이르렀다. 애초에 입에서 입으로 전해지던 전설에서 시작된 이 소설은 마치 구전 설화라도 되는 것처럼 여러 번에 걸쳐 다르게 쓰였다.

그런 의미에서 누락된 작가의 말을 다시 되찾아 이번 판에 넣게 된 것은 나로서는 큰 다행이다. 실로 '우리는 우리가 이야기의 주인이라고 착각하지만 이야기의 주인은 이야기'이며 작가는 탈것에 불과할지도 모른다. 이야기의 본질이 원래 그렇다고 생각하면 위안이 되는 것이다. 어쨌든 이렇게 변신을 거듭해온 『아랑은 왜』에 탑승하게 된 새로운 독자들을 진심으로 환영한다.

2020년 7월

김영하

김영하는 환상과 일상적 현실을 절묘하게 뒤섞는 솜씨로 주목받아왔다. 이번 장편에서는 환상과 현실의 착종된 관계가 전근대/근대/탈근대라는 역사적 구도 속에서 조명되고 있다. 작가는 세 가지 의식의 교호 작용을 통해서 이런 문제들을 탐구한다. 진실이란 무엇인가. 리얼리티란 무엇인가. **김태환(문학평론가)**

역사적 추리력과 소설적 상상력을 종횡무진 얽어짜내면서 진실과 흥미, 현실과 환상을 동시에 읽게 만든다. **중앙일보**

기존의 소설쓰기 방식을 파괴하면서 이야기의 기능에 대해 실험적인 접근을 시도하고 있어 눈길을 끈다. **세계일보**

과연 무엇이 진실이며, 진실이라고 주장하는 이야기는 어떤 경로를 통해 조작되고 변형되어왔는가를 살피는 작가의 발언법은 그가 동시대 작가들로부터 훌쩍 뛰어나와 다른 시대에 진입해 있음을 보여주는 부분이다. **문화일보**

작가의 재기가 번뜩이는 것은 전설을 각색해 또 다른 판본의 아랑설화를 만드는 과정 자체를 소설로 재구성했다는 사실이다. 이 같은 새로운 구성과 스타일은 그 전례를 찾기 힘들다. **동아일보**

이 경쾌하고 재기발랄한 작가에게 소설은 스스로 옷을 갈아입고 진화하며 변화하는 생명체다. 그 생명체는 소설가의 몸을 빌려 자신들의 유전자를 실어나르고 있는 것이다. 확실한 건 오직 하나. 그중 가장 우월한 유전자를 가진 이야기가 살아남는다는 것. **조선일보**

중력보다는 부력의 힘에 의지하는 작가. 그의 소설은 사람을 경쾌하게 띄우는 힘이 있다. 그가 다루는 주제는 어둡고 무겁지만 독자는 그것을 가볍고 경쾌하게 받아들인다. 다양한 분야에 관심이 있으면서도 이를 빙자해 알량한 예술가적 기질을 발휘하진 않는다. 인문학적 고급스런 관심과 디지털 세대에 맞는 감수성, 무거움과 가벼움을 적절히 섞을 줄 안다. **국민일보**

아랑은 왜

1판 1쇄 2020년 7월 20일
1판 6쇄 2022년 11월 15일

지은이 김영하

펴낸곳 복복서가(주)
출판등록 2019년 11월 12일 제2019-000101호
주소 03707 서울특별시 서대문구 연희로11다길 41
홈페이지 https://www.bokbokseoga.co.kr
전자우편 edit@bokbokseoga.com
문의전화 031) 955-2696(마케팅) 031) 941-7973(편집)

ISBN 979-11-970216-2-6 03810

구판 정보
문학과지성사(2001년)
문학동네(2010년)